坂田朝徳

Tomonori Sakata

遠き日の恋

31文字のLove Story

文芸社

目次

CONTENTS

遠き日の恋

—ろい文字のLove Story—

ヒラヒラと
頬をかすめて
散る桜
巡る想いや
遠き日の恋

ヒラヒラと頬をかすめて散る
桜巡る想いや遠き日の恋

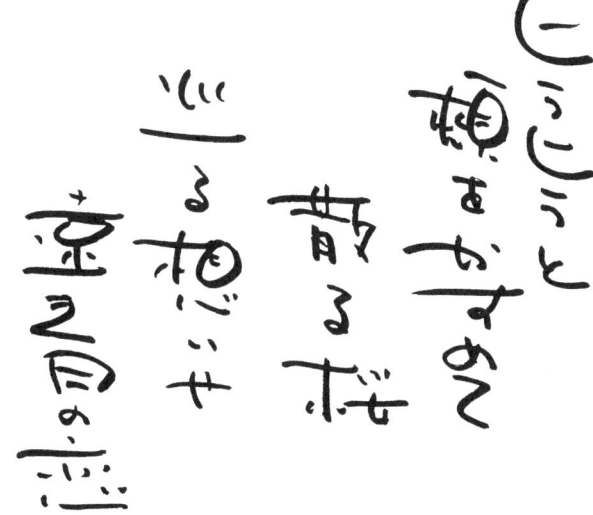

君よりも素敵な女性《ひと》に出逢うまでもう少しだけ片想いさせて

君よりも
素敵な女性に
出逢うまで
もう少しだけ
片想いさせて

不器用な
恋はいつでも
片想い
伝えられない
気持ちがつのる

不器用な恋はいつでも片想い
伝えられない気持ちがつのる

夕暮れに肩を並べて歩く街
それ以上でなくそれ以下でなく

夕暮れに
肩を並べて
歩く街
それ以上でなく
それ以下でなく

どうしても
伝えられずに
いた気持ち
あなたの知らない
想い出の中

どうしても伝えられずにいた気持ちあなたの知らない想い出の中

はじまりはまぶしい５月の風の中
進まぬように終らぬように

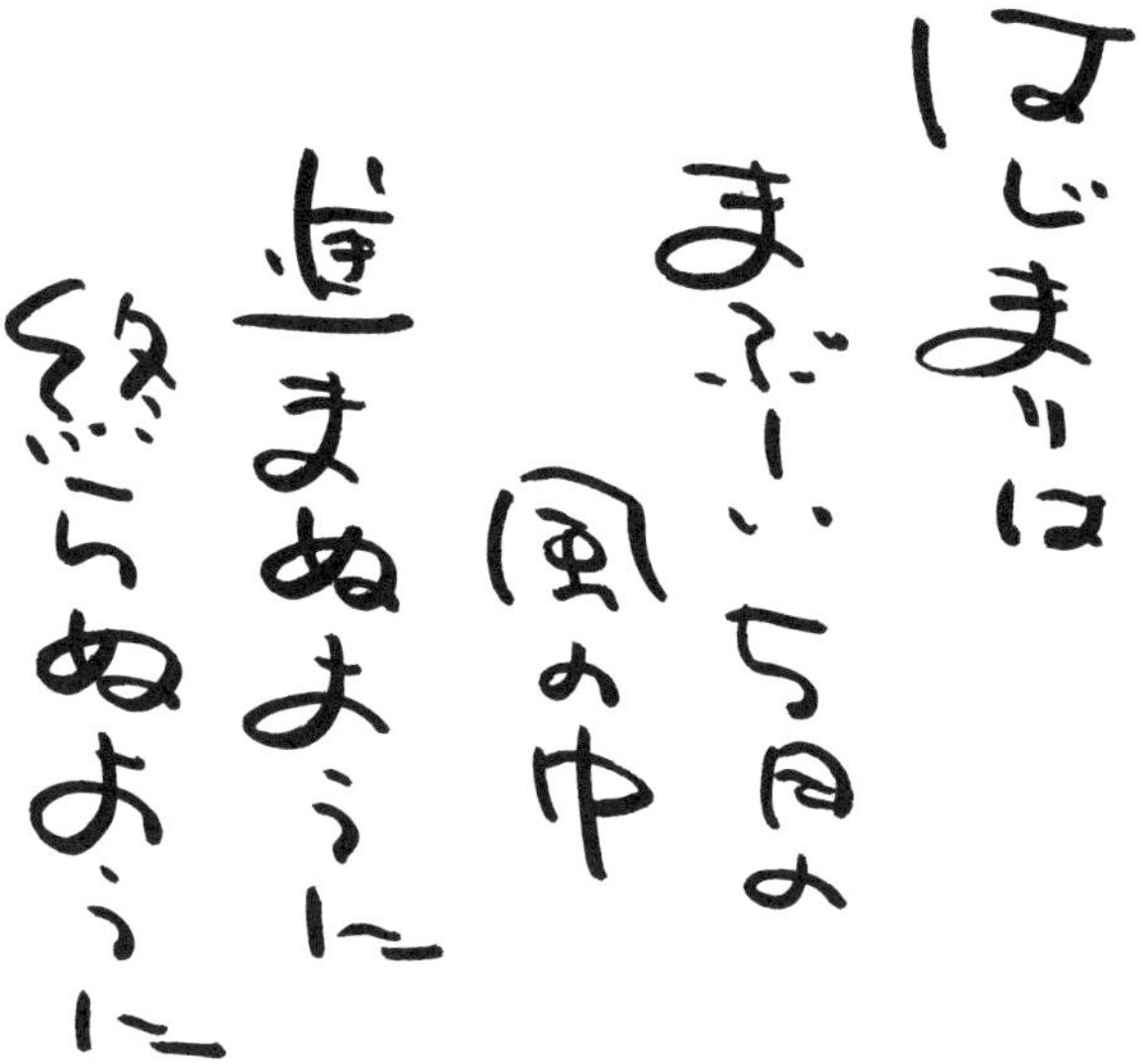

やわらかな
風吹きぬける
桜坂
わたしはあなたに
恋をしました

やわらかな風吹きぬける桜坂わたしはあなたに恋をしました

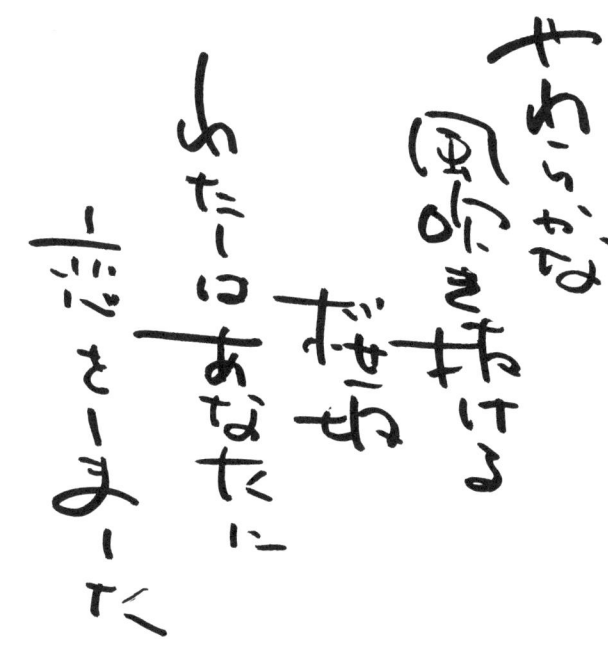

あなたへの手紙の終りの×印
3つ並ぶは much love の意

あなたへの
手紙の終りの
×印
3つ並ぶは
much love の意

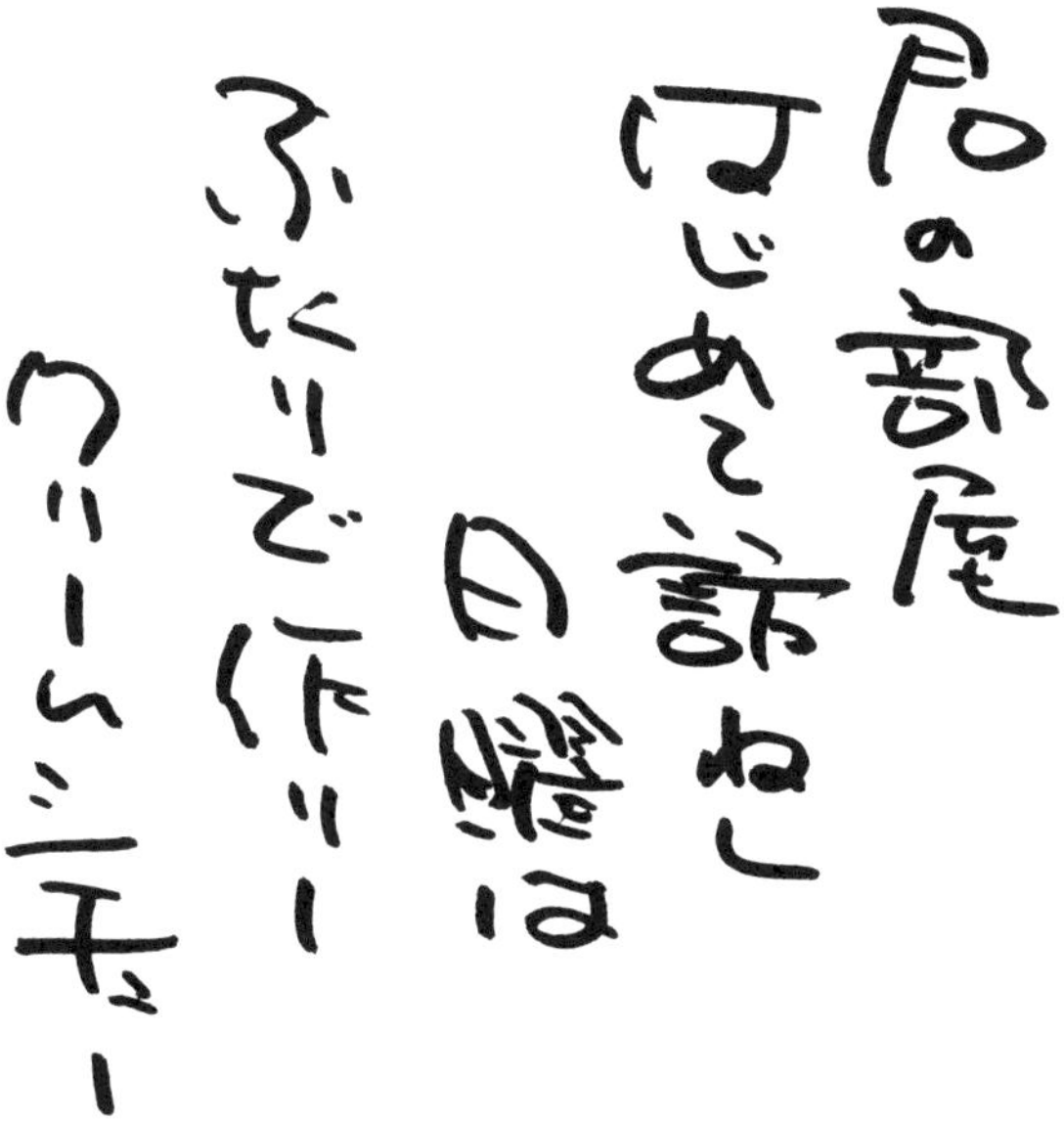

君の部屋はじめて訪ねし日曜はふたりで作りしクリームシチュー

陽だまりに子猫のように眠る君
さらさらサラサラ髪揺らす風

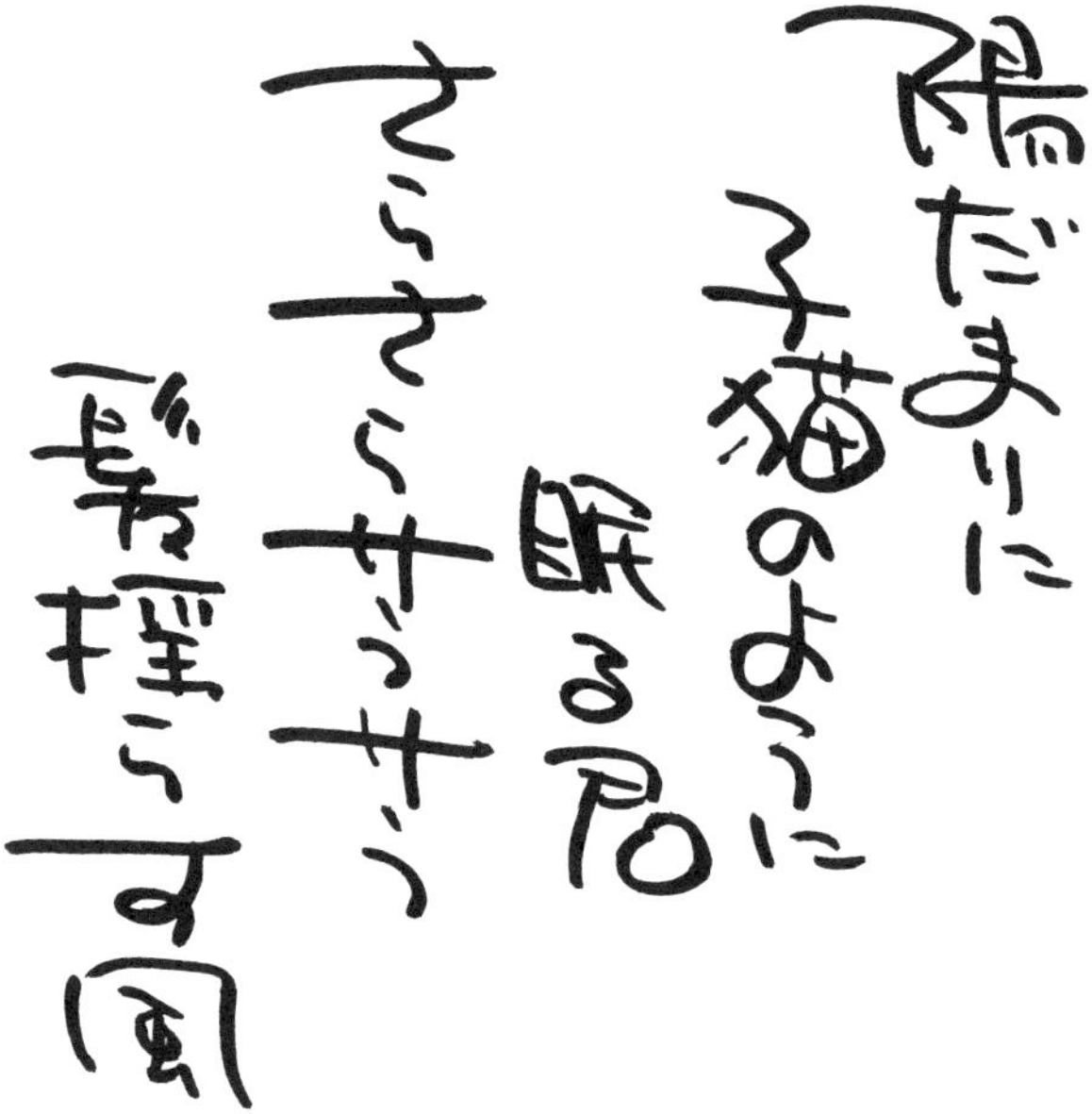

河原の
春のやさしい
陽の中で
静かに眠る
君の横顔

河原の春のやさしい陽の中
で静かに眠る君の横顔

君が来る水曜はいつも雨降りで
君に会えない水曜も雨

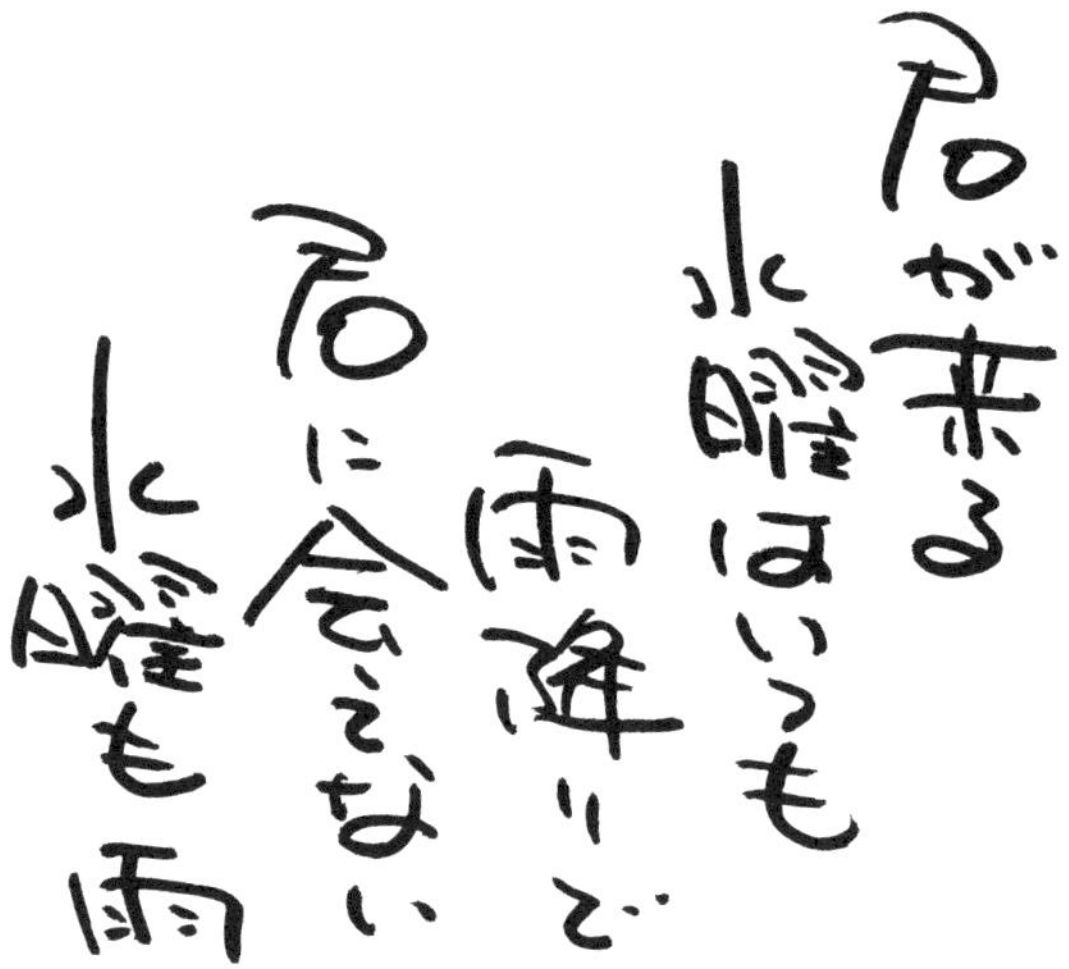

待ち合わせ
いつも遅れて
来る君の
言い訳がまた
少し楽しみ

待ち合わせいつも遅れて来る君の言い訳がまた少し楽しみ

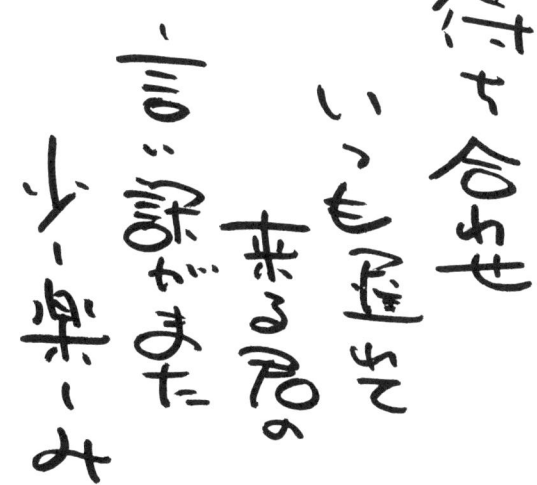

会いたいと想う気持ちが切なさを加速させてる金曜の夜

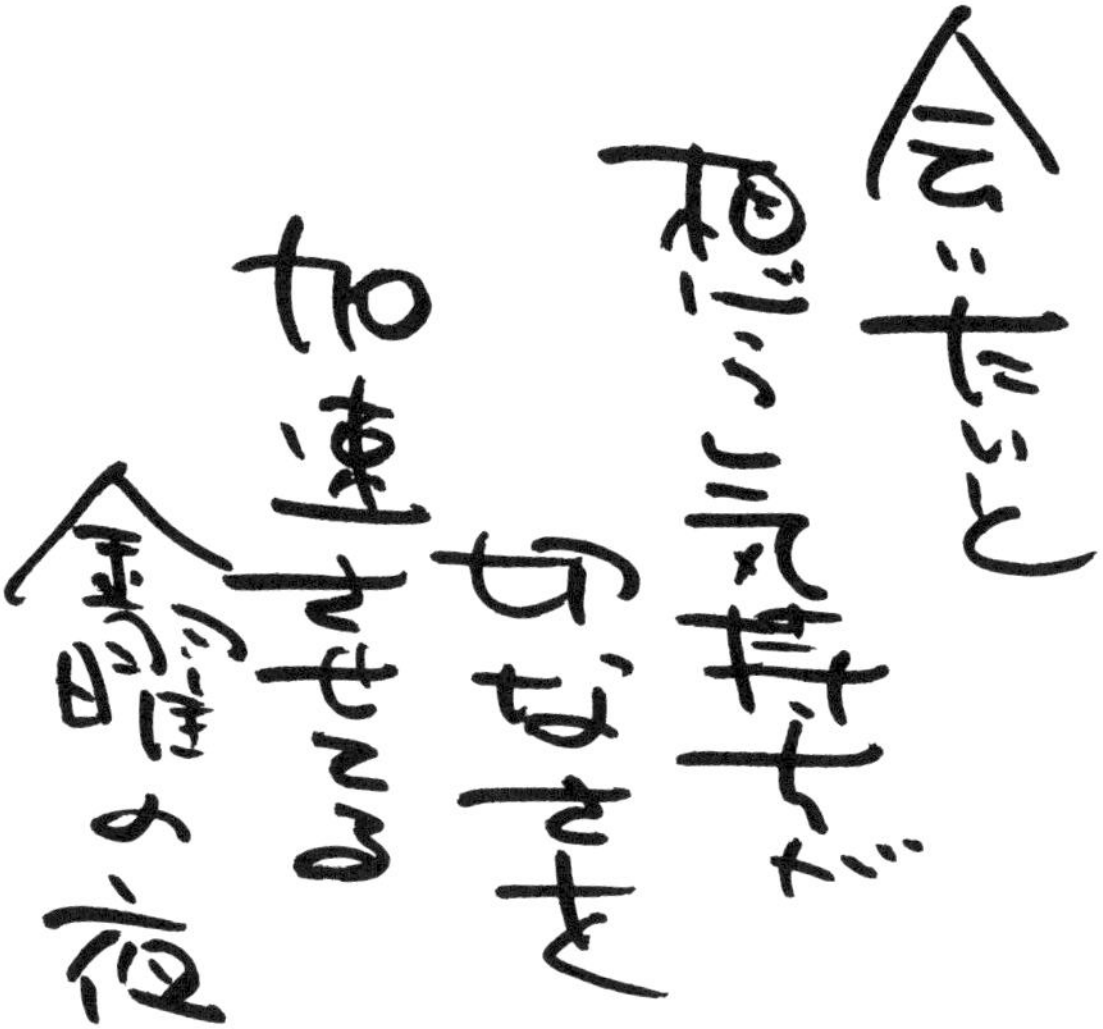

また今度
どこかへ行こう
晴れた日に
約束だからね
指きりげんまん

また今度どこかへ行こう晴れた日に約束だからね指きりげんまん

木枯しに吹かれてひとつのポケットに
あなたの右手とわたしの左手

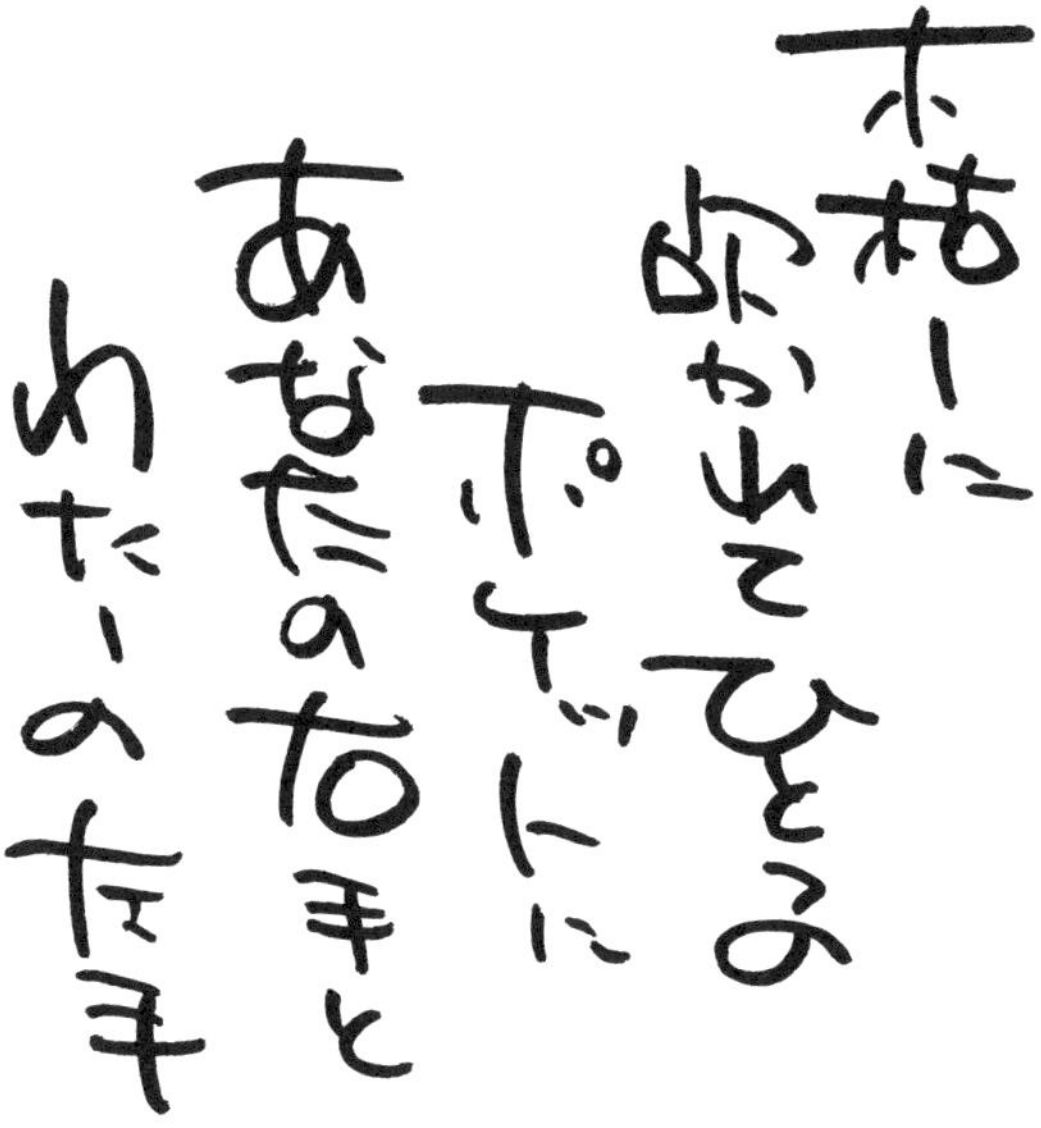

我の手を
しかりと握る
君だから
明日の朝まで
離したくない

我の手をしかりと握る君だから明日の朝まで離したくない

会いたいよそのひと言が言いたくて
呼出音を数える夜更け

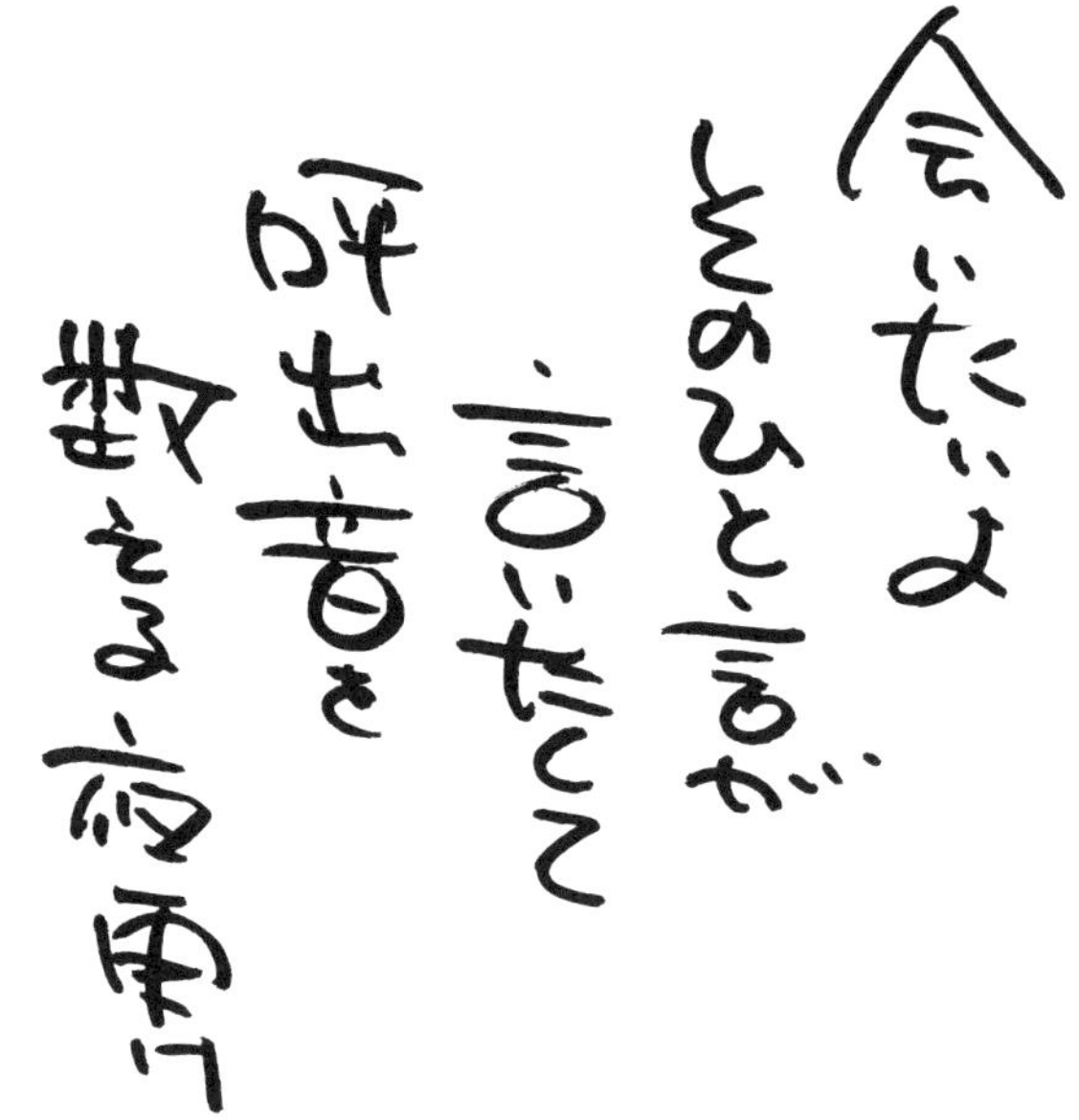

ア・イ・タ・イ・ヨ
たった5文字の
メールから
幾千の言葉
感じる夜更け

ア・イ・タ・イ・ヨたった5文字のメールから
幾千の言葉感じる夜更け

会いたいよそのひと言が言えなくて遠距離電話の夜は更けゆく

会いたいよ
そのひと言が
言えなくて
遠距離電話の
夜は更けゆく

プロポーズ通過列車にかき消され聞き返す君午後の踏切り

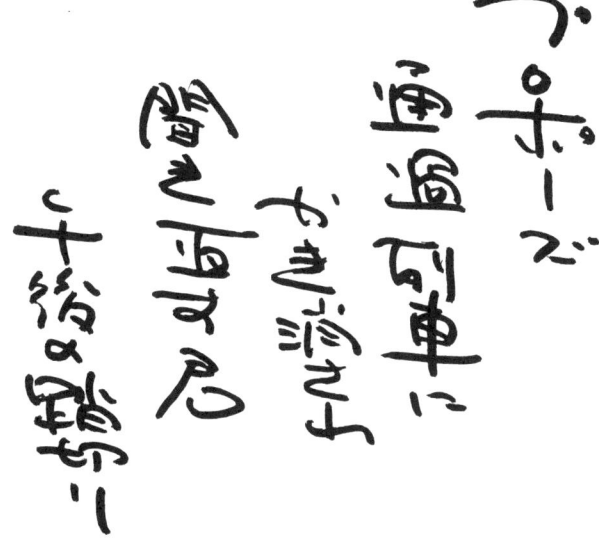

ふと君がどこかへ行ってしまいそで
息つまる程抱きしめた朝

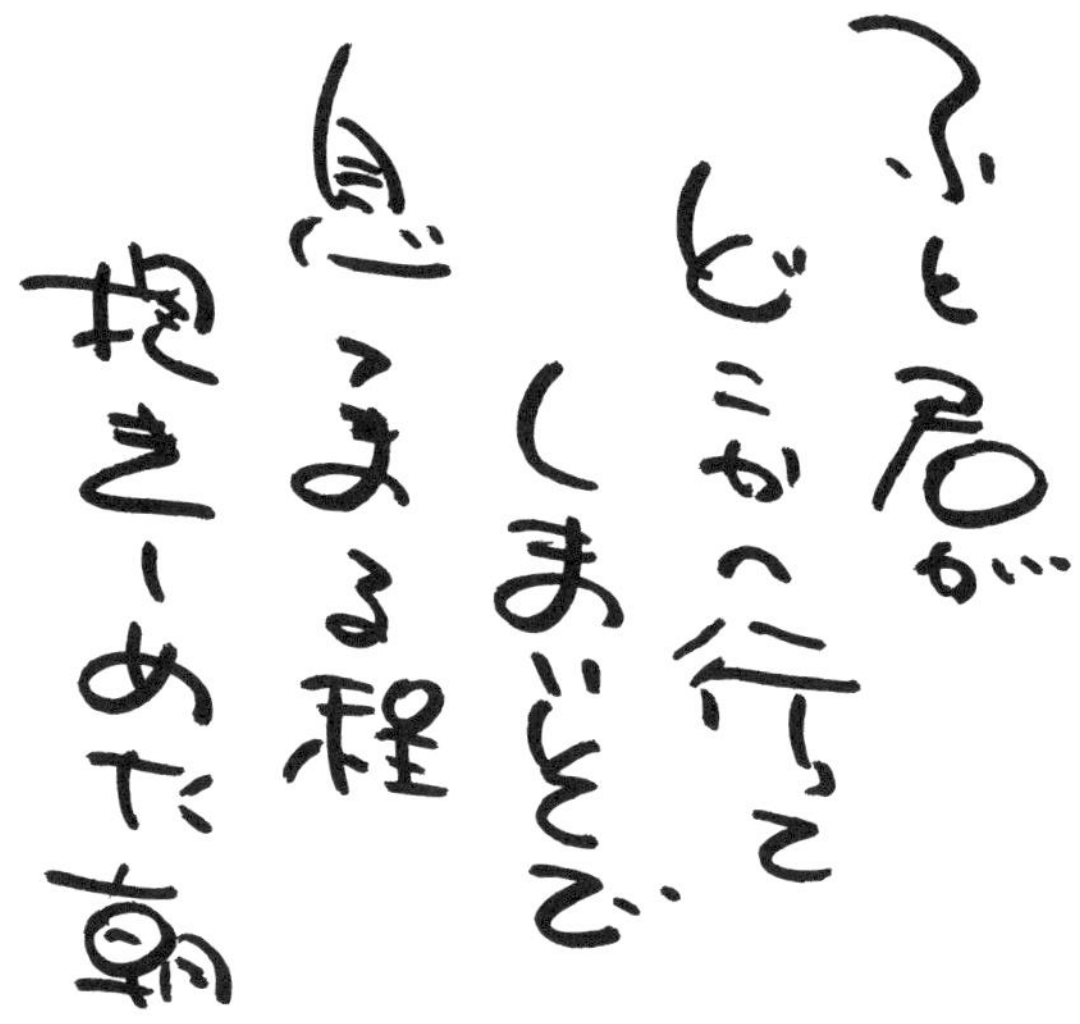

正直で
嘘のつけない
悪いクセ
優しい嘘なら
ついてもいいよ

正直で嘘のつけない悪いクセ優しい嘘ならついてもいいよ

うまらない君が「好き」だという意味と
僕が感じた「好き」だという意味

うまらない
君が「好き」だと
いう意味と
僕が感じた
「好き」だという意味

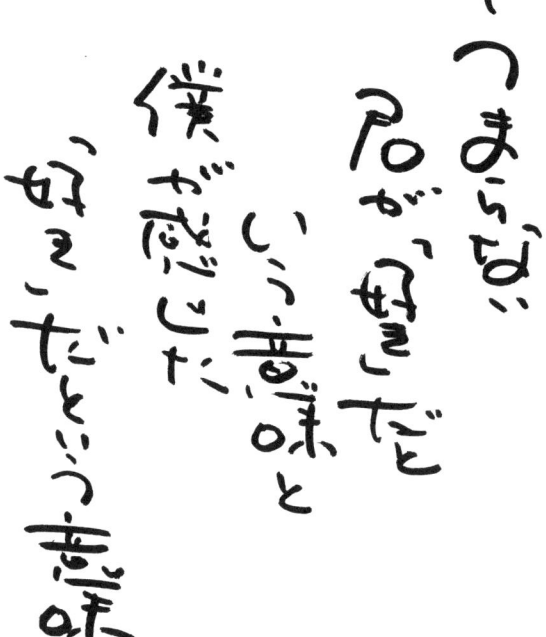

「ウソツキ」と
君は小さく
つぶやいて
僕は聞こえぬ
ふりをしていた

「ウソツキ」と君は小さくつぶやいて僕は聞こえぬふりをしていた

ぼんやりと恋の終りを感じてた
8月の雨遠い雷鳴《かみなり》

ぼんやりと
恋の終りを
感じてた
8月の雨
遠い雷鳴

イブの夜は
あなたに似合いの
女性がいて
2日遅れの
メリークリスマス

イブの夜はあなたに似合いの女性《ひと》がいて２日遅れのメリークリスマス

冬の雨あなたを待つ身のこの恋は
終りにしようと考えていた

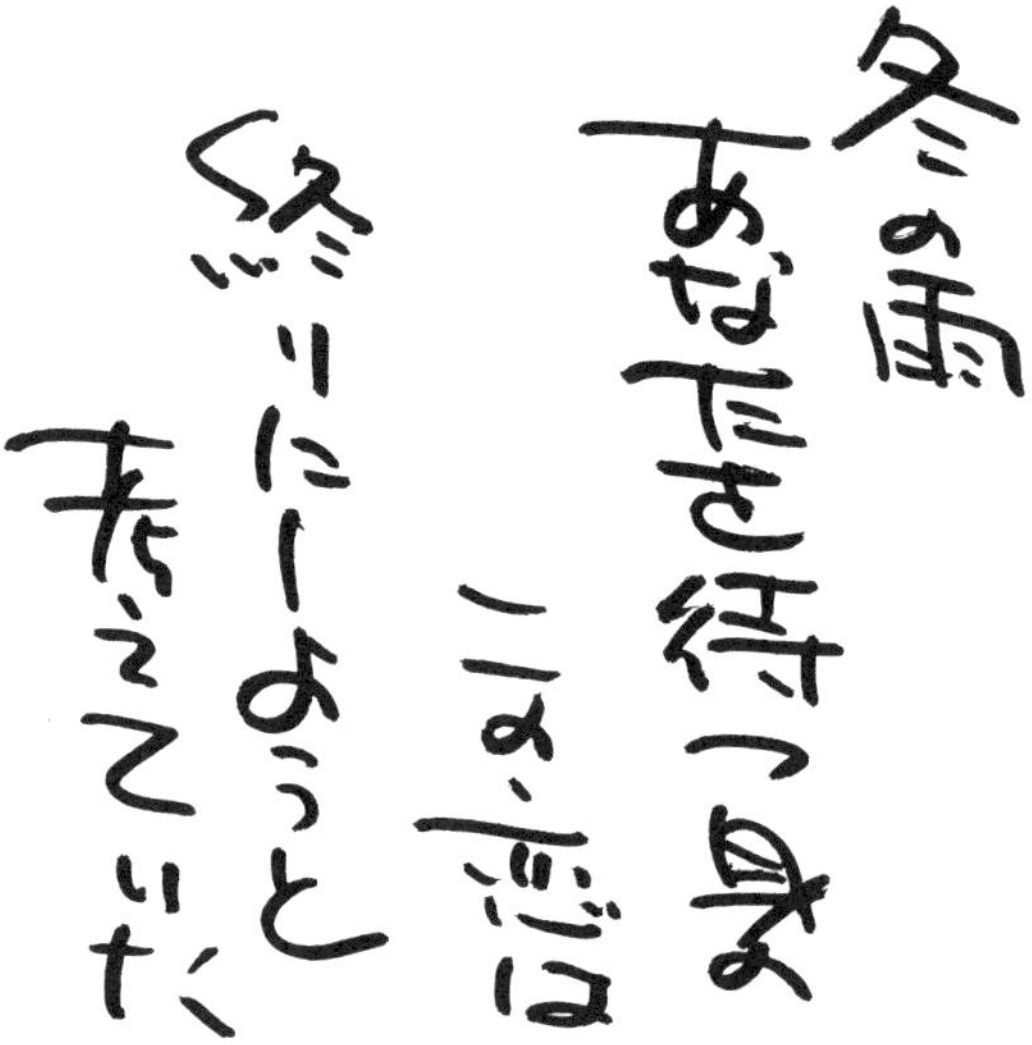

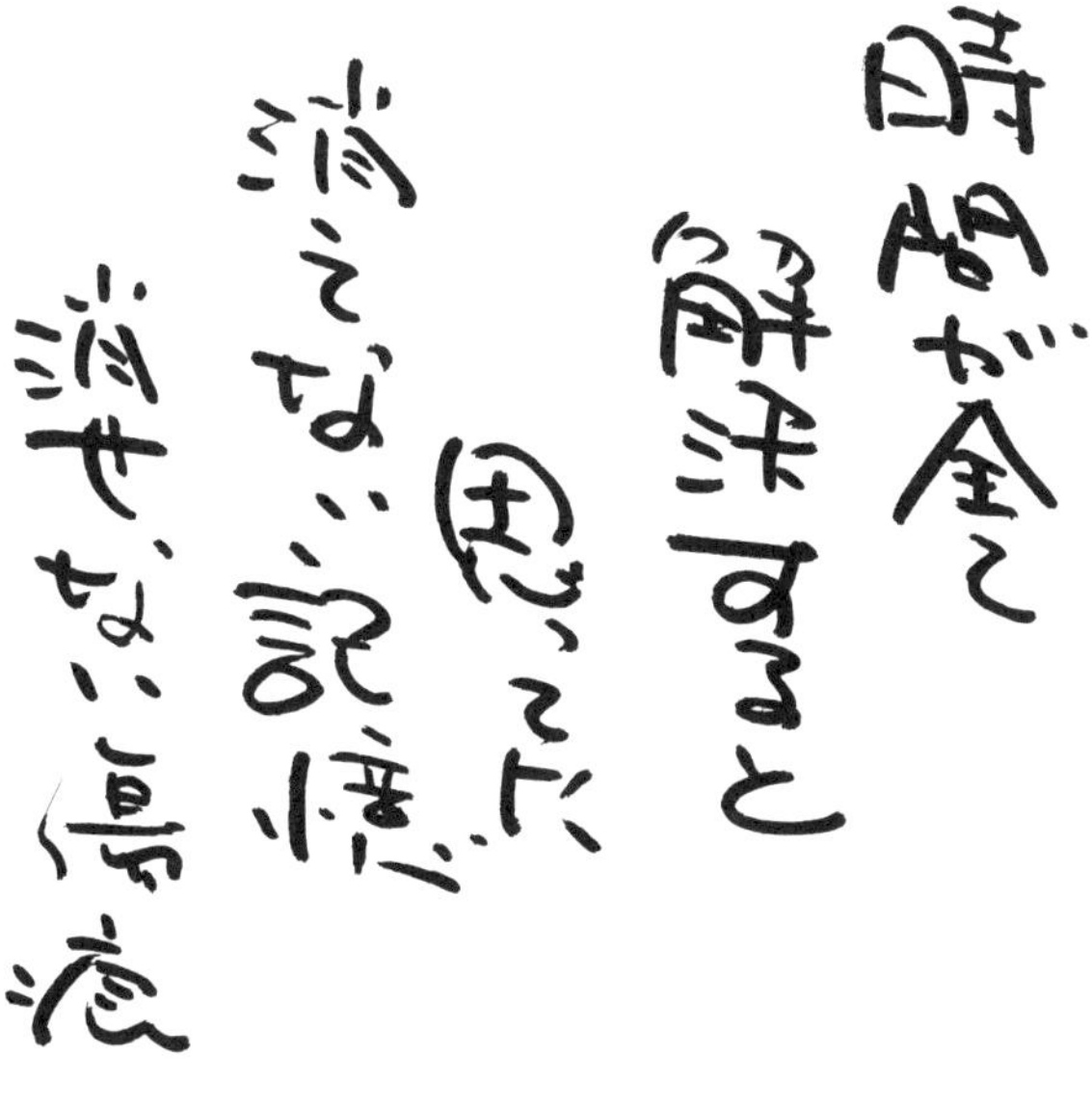

時間《とき》が全て解決すると思ってた消えない記憶消せない傷痕

傷ついて嫌な事から目をそむけ
君が愛した僕はまぼろし

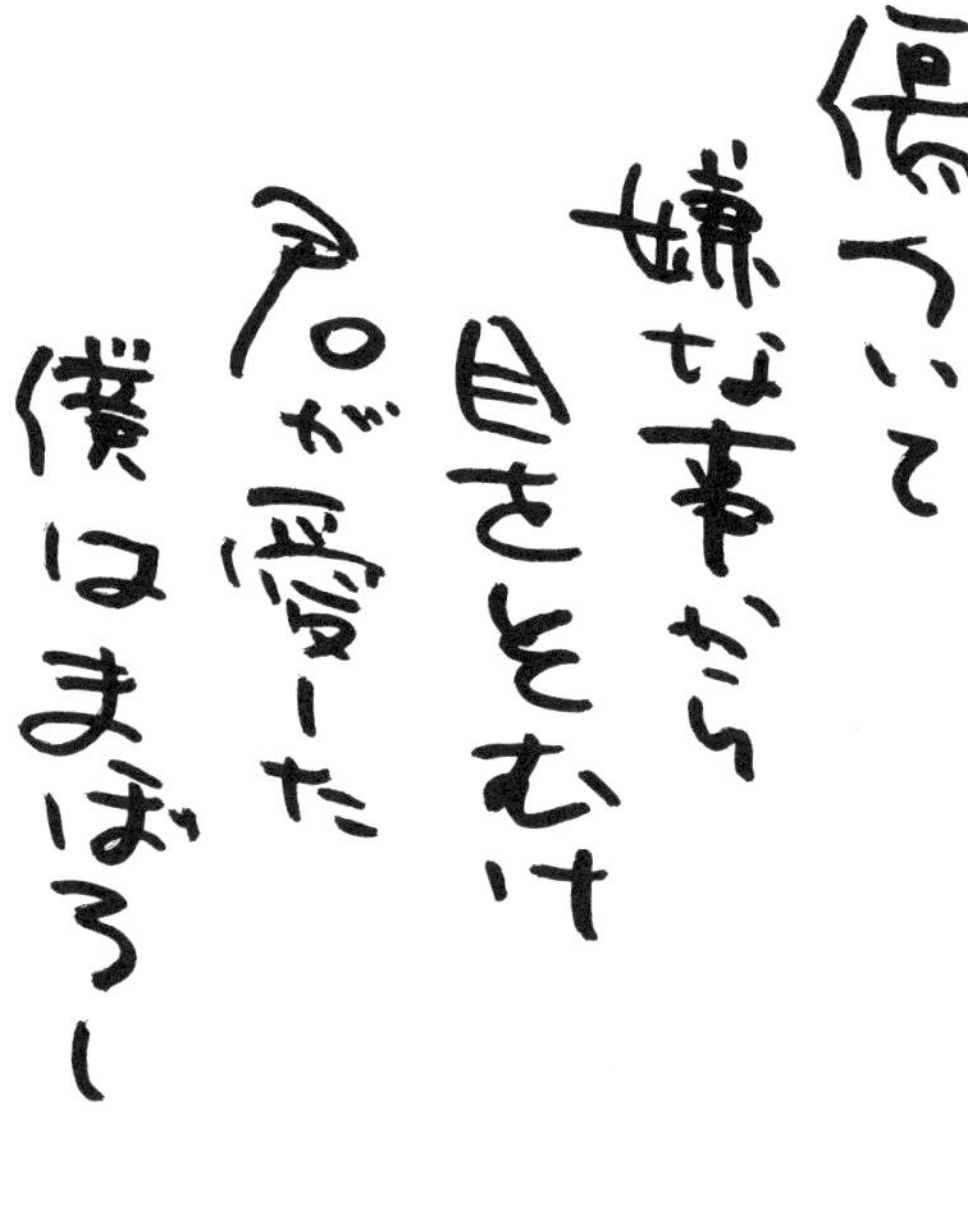

みんな嘘
あなたを好きだと
言ったのも
あなたを嫌いに
なったって事も

みんな嘘あなたを好きだと言ったの
もあなたを嫌いになったたって事も

ばかだよねすべてに素直になれなくて
流れる涙も止められなくて

ばかだよね
すべてに素直に
なれなくて
流れる涙も
止められなくて

サヨナラを
言うはつらい
でも君の
口からサヨナラ
聞くのもつらい

サヨナラを言うのはつらいでも君
の口からサヨナラ聞くのもつらい

雑踏の中にあなたが消えてゆく
わたしの言葉《こえ》はもう届かない

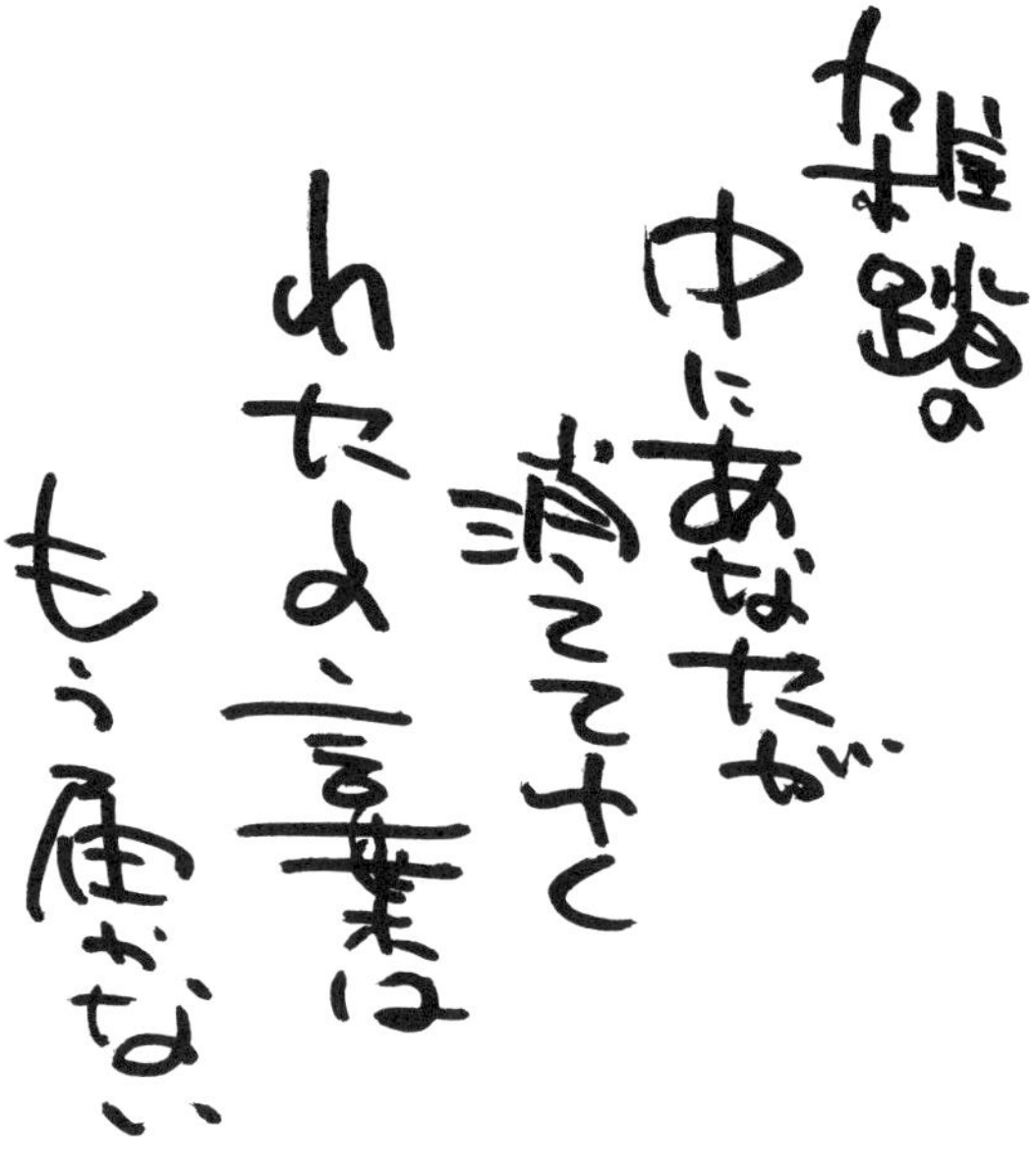

なにもかも
どしゃぶりの中に
消えてゆく
音も景色も
そして
あなたも

なにもかもどしゃぶりの中に消えてゆく音も景色もそしてあなたも

もう一度あの日に帰れるのならば
愛を素直に信じてみたい

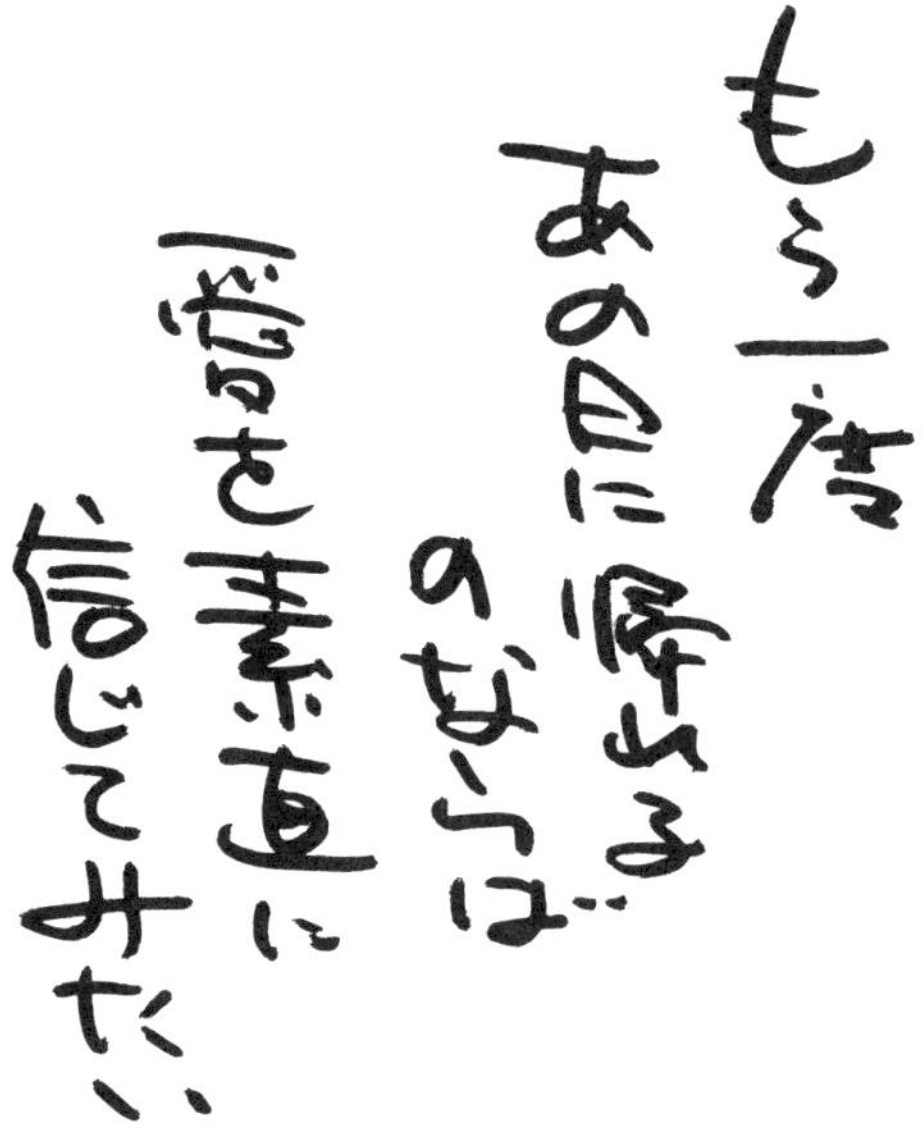

ふたりして
あの日に戻れた
としても
同じ過ち
繰り返すだけ

ふたりしてあの日に戻れたとしても同じ過ち繰り返すだけ

かげろうの中にゆらめくうたかたの夢、まぼろしや君がいた夏

かげろうの
中にゆらめく
うたかたの
夢、まぼろしや
君がいた夏

この海は
君と最後に
見た景色
何も言えずに
うつむいた夏

この海は君と最後に見た景色何も言えずにうつむいた夏

気が付くと後ろ姿を探してる
君去りし街人込みの中

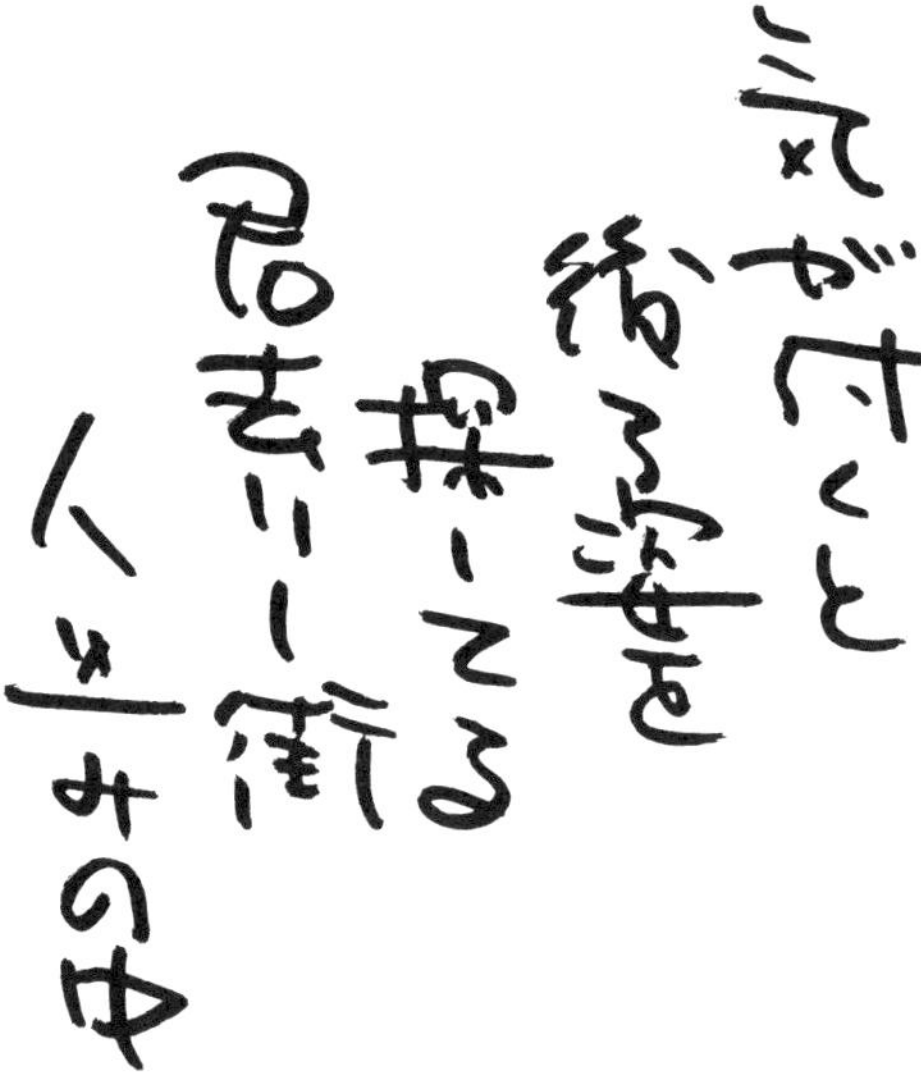

今はもう
あなたのいない
この街に
あの日と同じ
秋の夕暮れ

今はもうあなたのいないこの街にあの日と同じ秋の夕暮れ

「愛してる」って言われた事を忘れない
遠く離れてしまった今も

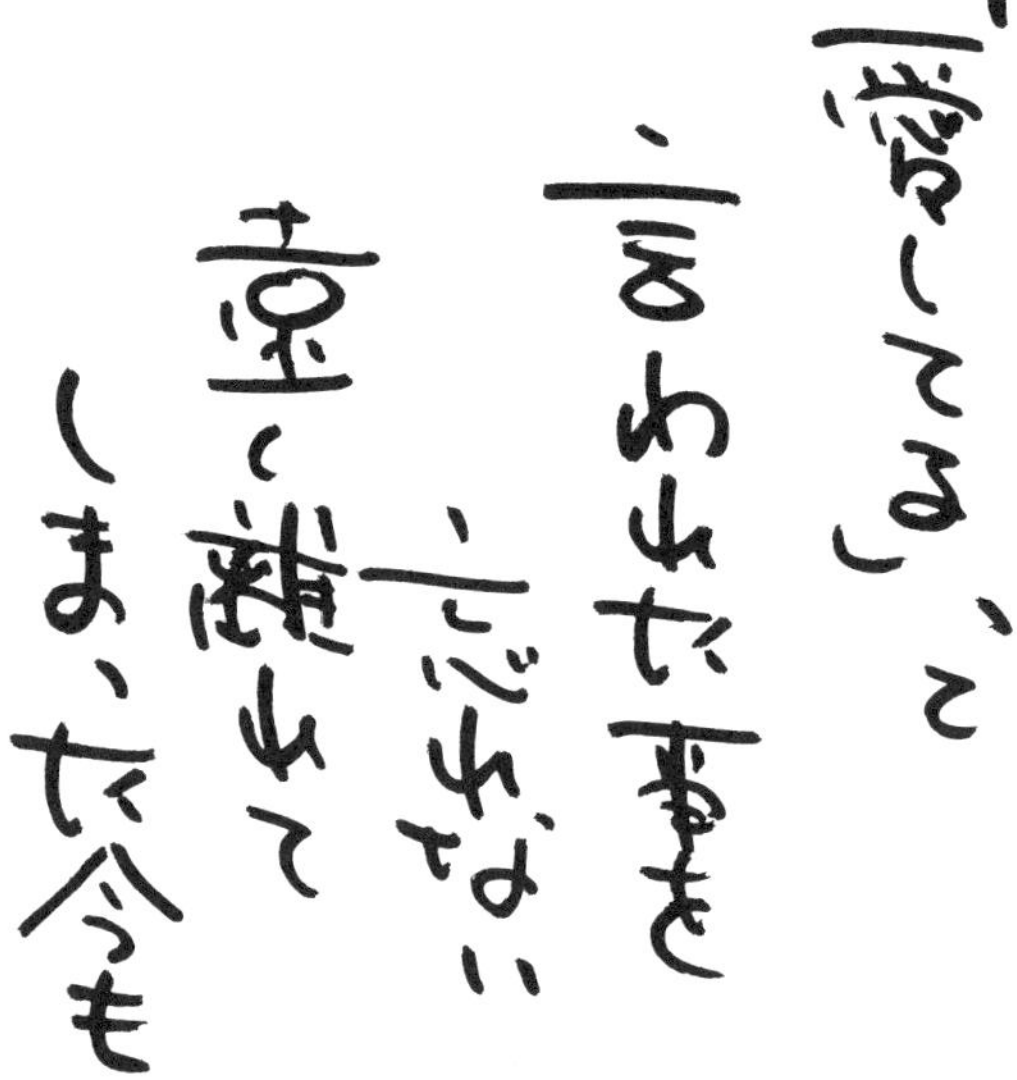
「愛してる」って
言われた事を
忘れない
遠く離れて
しまった今も

この月を
あなたもどこかで
眺めてる
たったひとりで
それともふたりで

この月をあなたもどこかで眺めてるたったひとりでそれともふたりで

ごめんねとわずかに君のくちびるが
動き静かに眠りについた

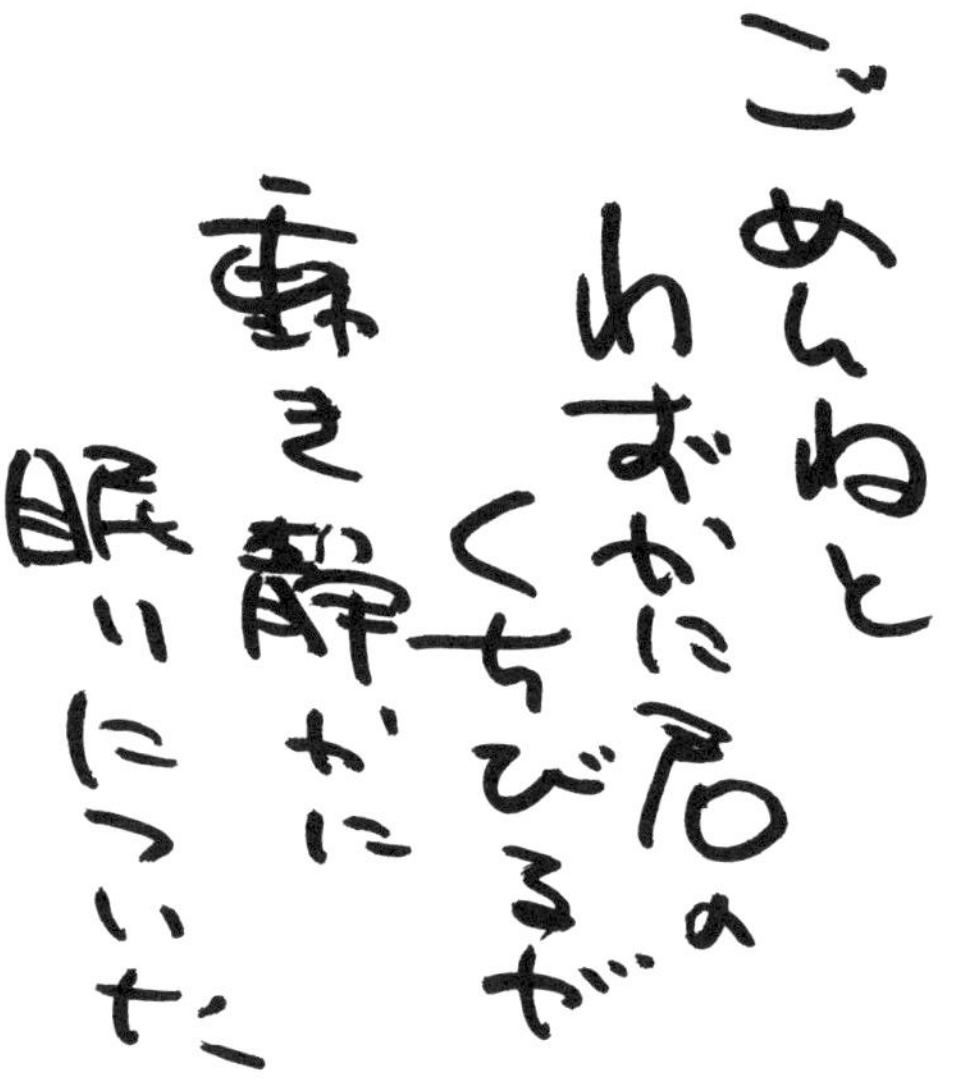

なにもかも
変わらぬままの
空間に
君だけいない
左側の席

なにもかも変わらぬままの空間に君だけいない左側の席

ほらここが君が見たいと言った海
約束したよね 一緒に行くって

ほらここが
君が見たいと
言った海
約束したよね
一緒に行くって

君がいた
日々はあまりに
輝いて
どんな瞬間も
色あせてしまう

君がいた日々はあまりに輝いてどんな瞬間《じかん》も色あせてしまう

忘れない君の笑顔も泣き顔も
瞳の奥の宝箱の中

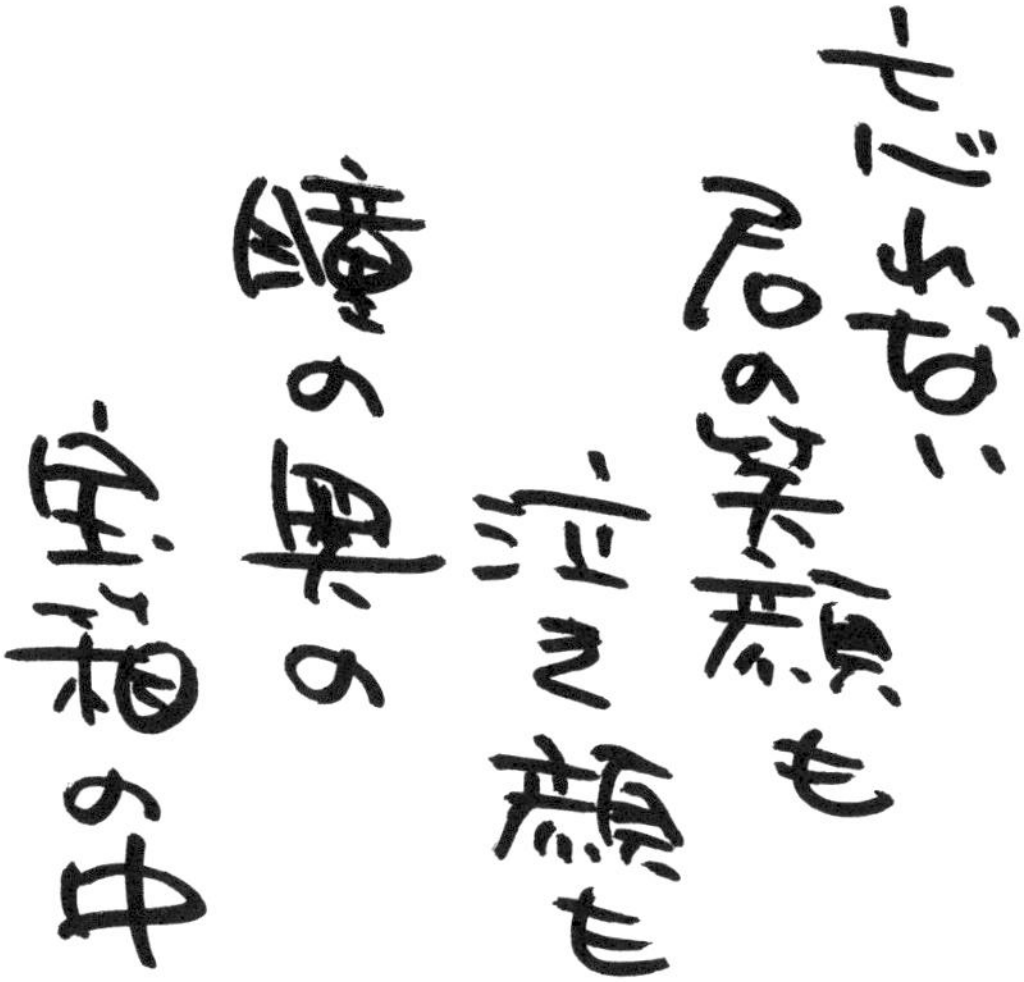

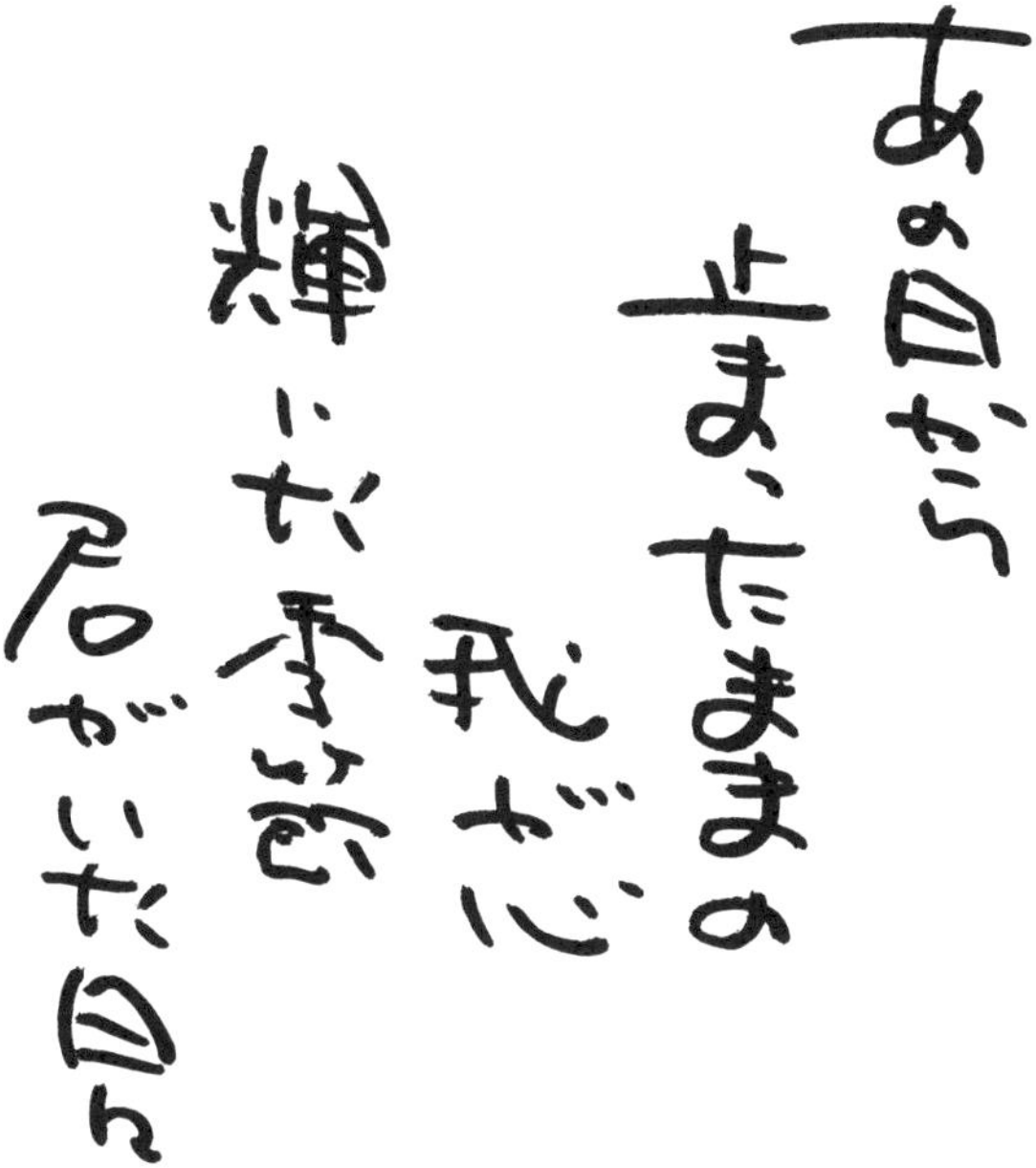

あの日から止まったままの我が
心輝いた季節《とき》君がいた日々

言ど
足の
夏

— 31文字のLove story —

降り注ぐ
陽差しも君も
夢のあと
輝いた季節
急ぎ足の夏

降り注ぐ陽差しも君も夢のあと
輝いた季節《とき》急ぎ足の夏

ぬけるよなただただ青く広い空
風は西から恋は……

ぬけるよな
ただただ青く
広い空
風は西から
恋は・・・

遠い夏
君との出逢いの
想い出は
まっ赤なリボンの
麦わら帽子

遠い夏君との出逢いの想い出はまっ赤なリボンの麦わら帽子

恋人と呼べない君との約束の日付デートと手帳に記す

恋人と
呼べない君と
約束の
日付デートと
手帳に記す

2番目に
好きな男性だと
君は言う
今1番は
元3番目

2番目に好きな男性《ひと》だと君は言う今1番は元3番目

おそろいのＴシャツ越しに吹く風の肌に感じる夏の輪郭

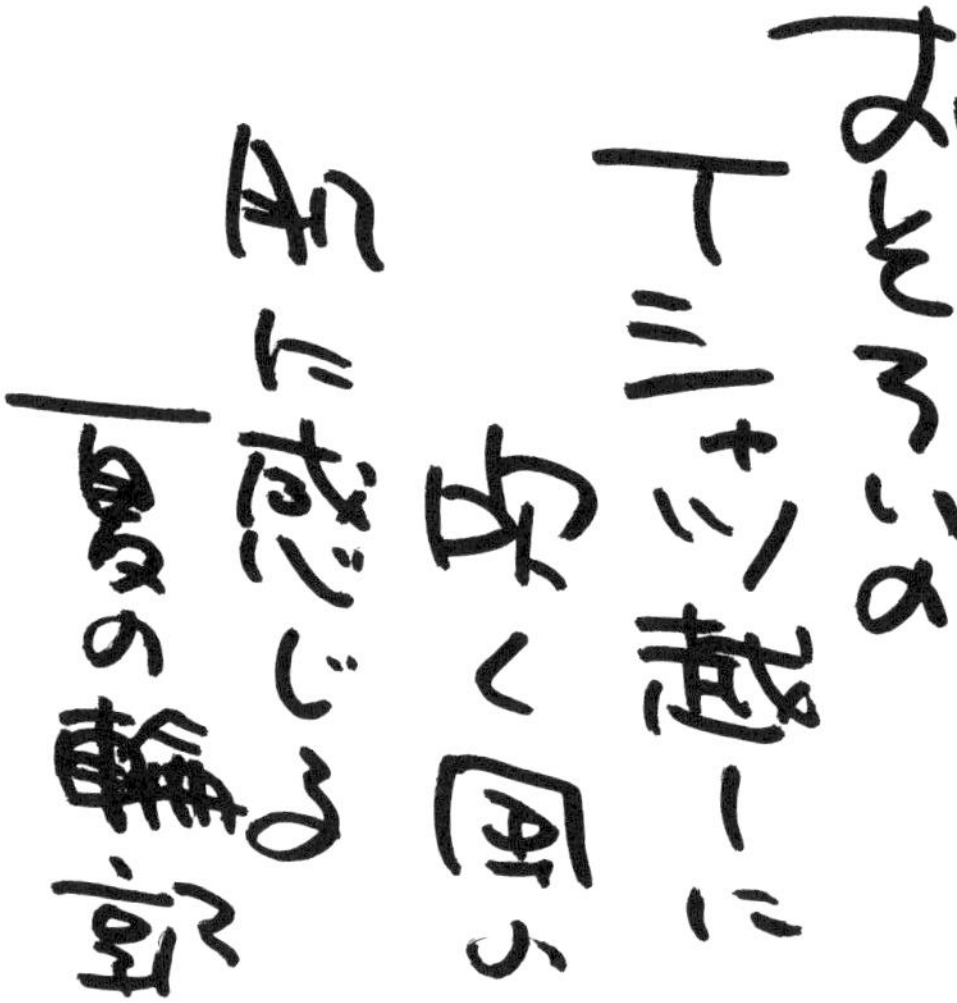

郵便はがき

恐縮ですが
切手を貼っ
てお出しく
ださい

160-0022

東京都新宿区
新宿1－10－1

(株) 文芸社

ご愛読者カード係行

書　名			
お買上 書店名	都道府県　市区郡　書店		
ふりがな お名前		大正 昭和 平成　年生　歳	
ふりがな ご住所	□□□-□□□□	性別 男・女	
お電話 番　号	（書籍ご注文の際に必要です）	ご職業	
お買い求めの動機 1. 書店店頭で見て　2. 小社の目録を見て　3. 人にすすめられて 4. 新聞広告、雑誌記事、書評を見て（新聞、雑誌名　）			
上の質問に1.と答えられた方の直接的な動機 1.タイトル　2.著者　3.目次　4.カバーデザイン　5.帯　6.その他（　）			
ご購読新聞　新聞	ご購読雑誌		

文芸社の本をお買い求めいただき誠にありがとうございます。
この愛読者カードは今後の小社出版の企画およびイベント等の資料として役立たせていただきます。

本書についてのご意見、ご感想をお聞かせください。
① 内容について

② カバー、タイトルについて

今後、とりあげてほしいテーマを掲げてください。

最近読んでおもしろかった本と、その理由をお聞かせください。

ご自分の研究成果やお考えを出版してみたいというお気持ちはありますか。
ある　　ない　　内容・テーマ（　　　　　　　　）

「ある」場合、小社から出版のご案内を希望されますか。
する　　しない

ご協力ありがとうございました。

〈ブックサービスのご案内〉
小社書籍の直接販売を料金着払いの宅急便サービスにて承っております。ご購入希望がございましたら下の欄に書名と冊数をお書きの上ご返送ください。　（送料１回210円）

ご注文書名	冊数	ご注文書名	冊数
	冊		冊
	冊		冊

芦の湖の
湖畔に君と
たたずめば
水面を走る
風は夏色

芦の湖の湖畔に君とたたずめば水面を走る風は夏色

いつだってあなたの事を想ってる
晴れの日の朝も雨の日の午後も

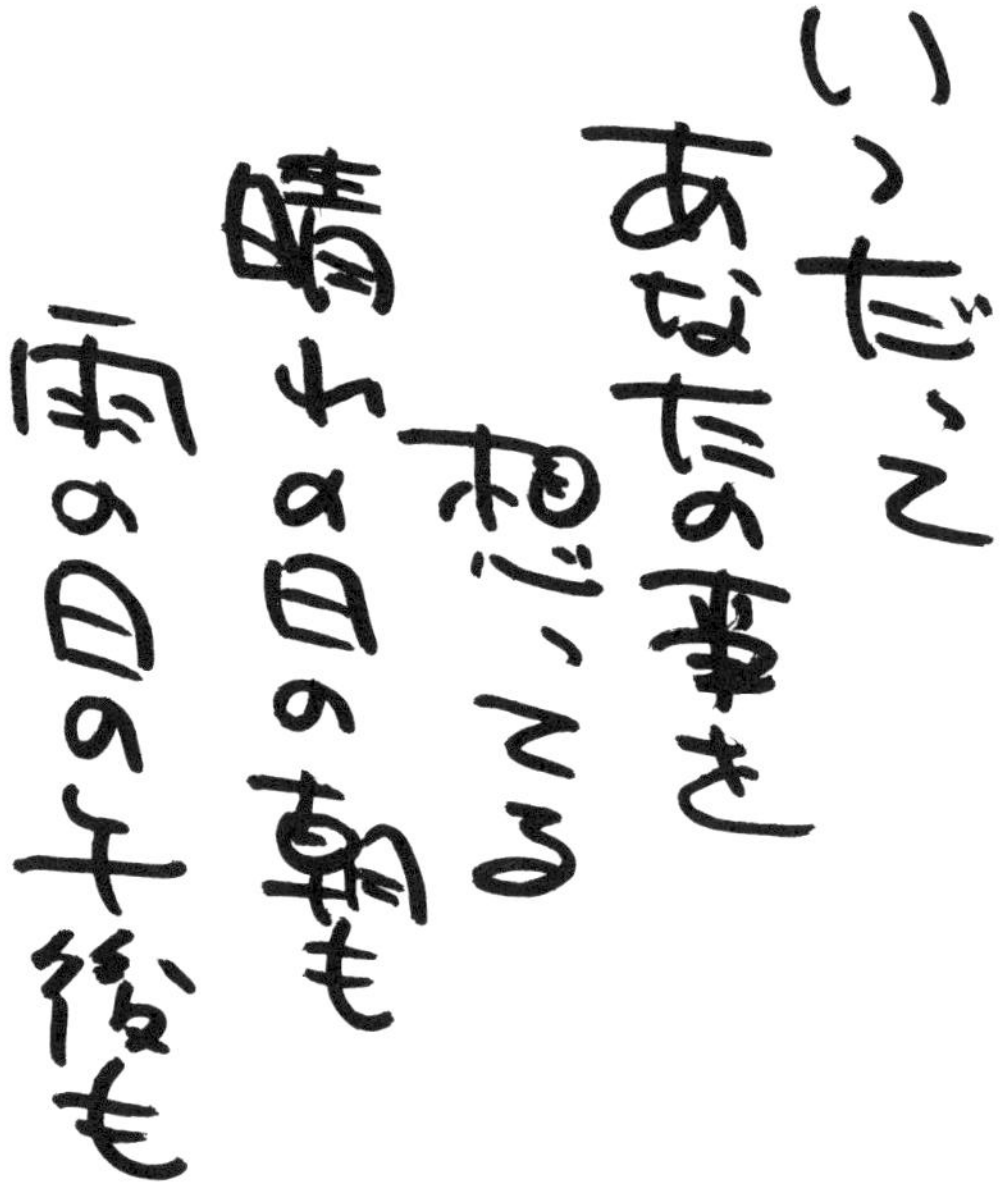

夏祭り
人込みの中
君の手を
ギュっと握った
はぐれぬように

夏祭り人込みの中君の手をギュッと握ったはぐれぬように

ひとつめの角を曲がると君の家
このまま少し遠回りしよう

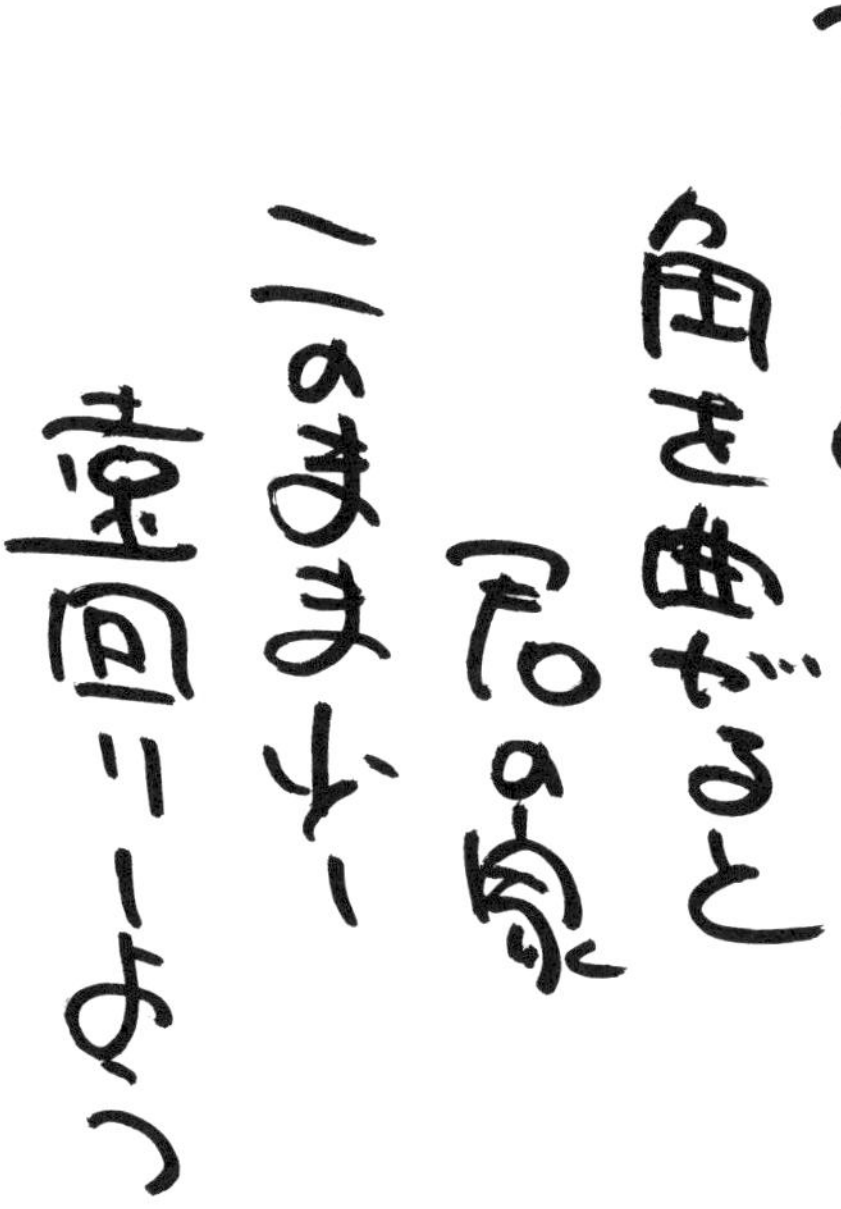

降りしきる
雨に打たれて
傘の中
あなたの鼓動
確かめている

降りしきる雨に打たれて傘の中あなたの鼓動確かめている

俺の事好きかと君にたずねれば
博多訛りで「好いちょる」と言う

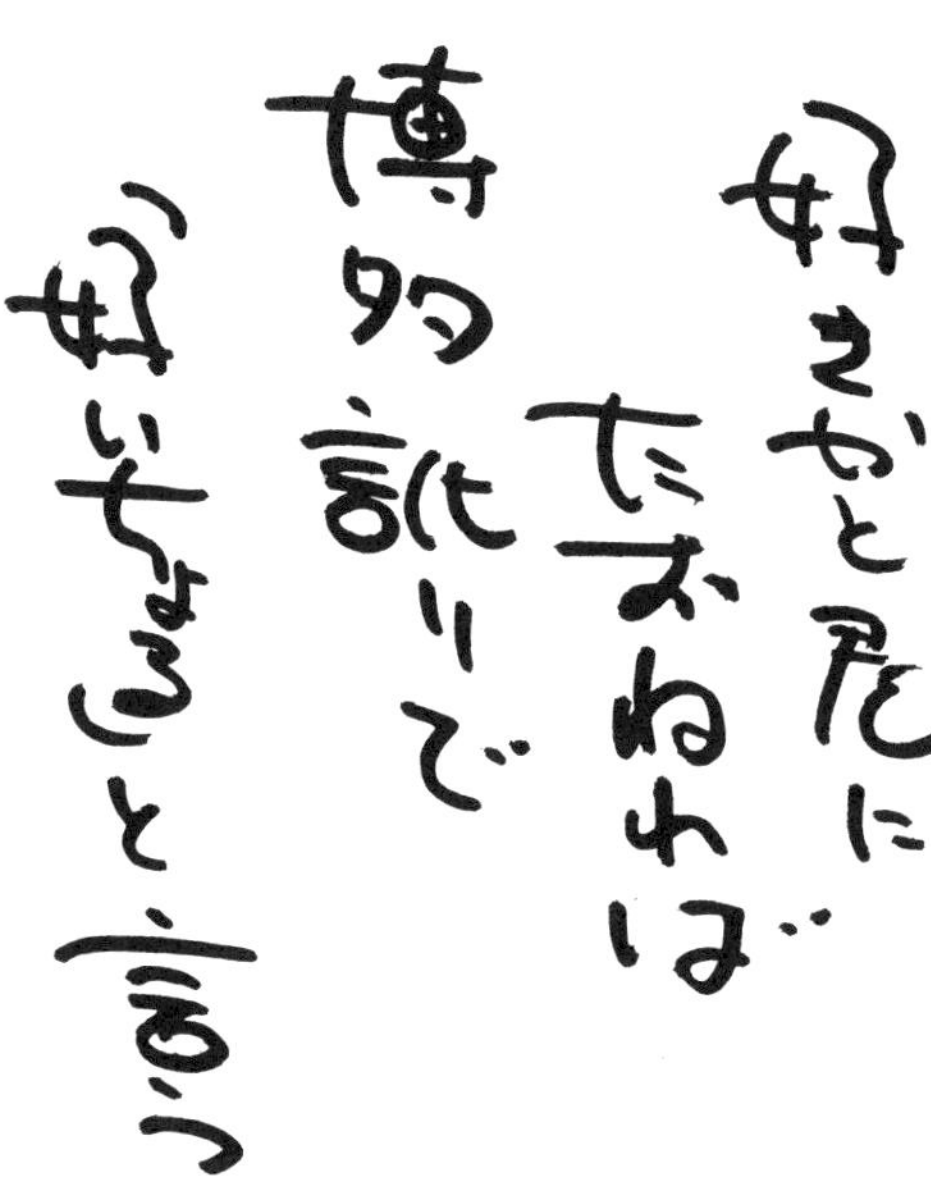

シャンプーの
残り香のする
黒髪に
赤いリボンの
よく似合う君

シャンプーの残り香のする黒髪
に赤いリボンのよく似合う君

日曜日会えないという事実より
会えないと想う事が淋しい

日曜日
会えないという
事実より
会えないと想う
事が淋しい

毎日が
週末だったら
いいのにと
君のメールが
届く月曜

毎日が週末だったらいいのにと君のメールが届く月曜

午前２時「まだ起きてる」かという君のメールで起こされ「イマオキテイル」

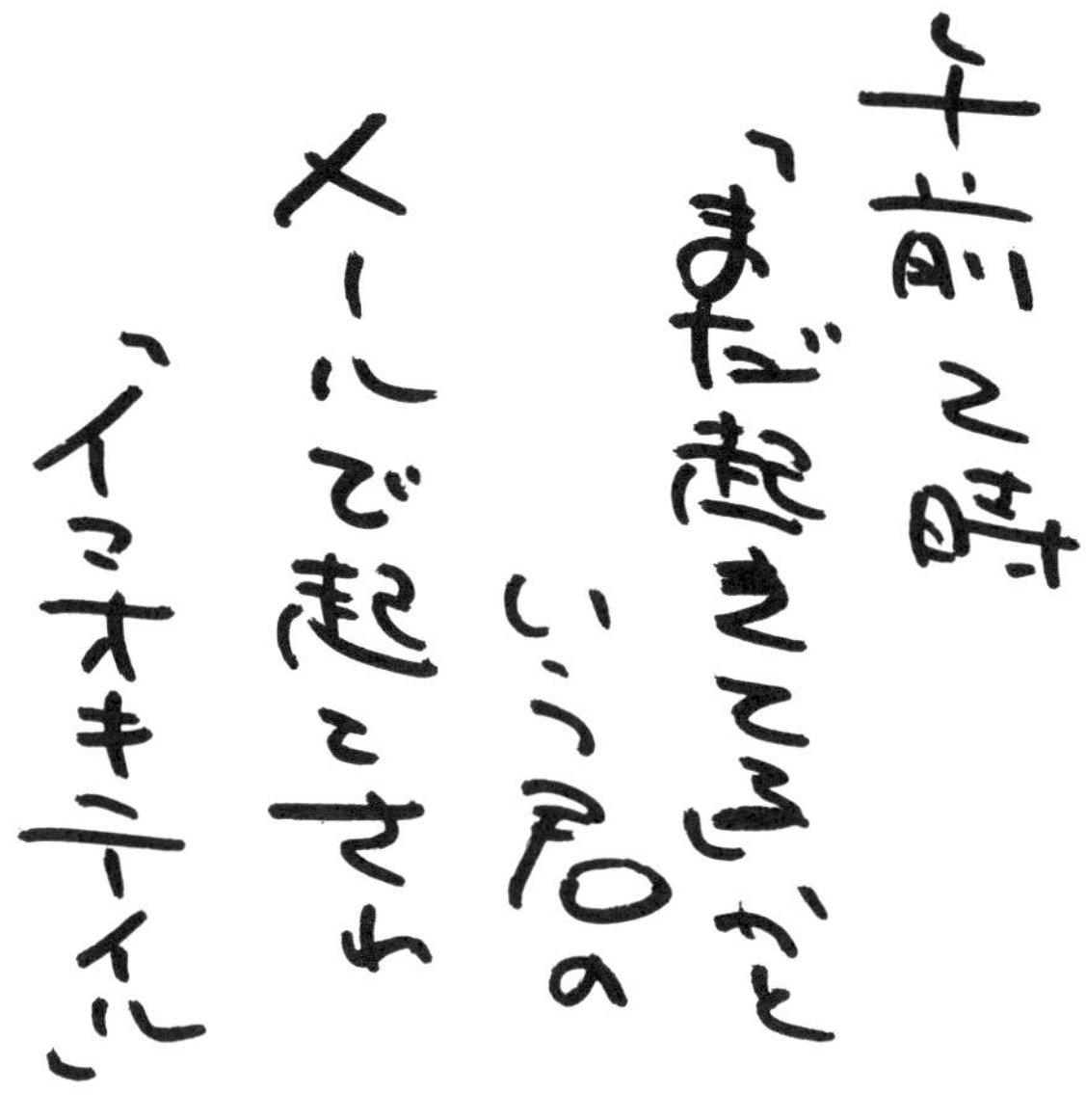

いつからか
時計の針に
6をたす
クセがついてる
あなたとの距離

いつからか時計の針に6をたすクセがついてるあなたとの距離

シャボン玉風に吹かれてユラユラと揺れて揺られて君の元まで

シャボン玉、
風に吹かれて
ユラユラと
揺れて揺られて
君の元まで

窓を打つ
みぞれ混じりの
冬の雨
あなたがそばに
いてくれたなら

窓を打つみぞれ混じりの冬の雨あなたがそばにいてくれたなら

待ち合わせ今来たところと言う君の冷えたその手をきつく握った

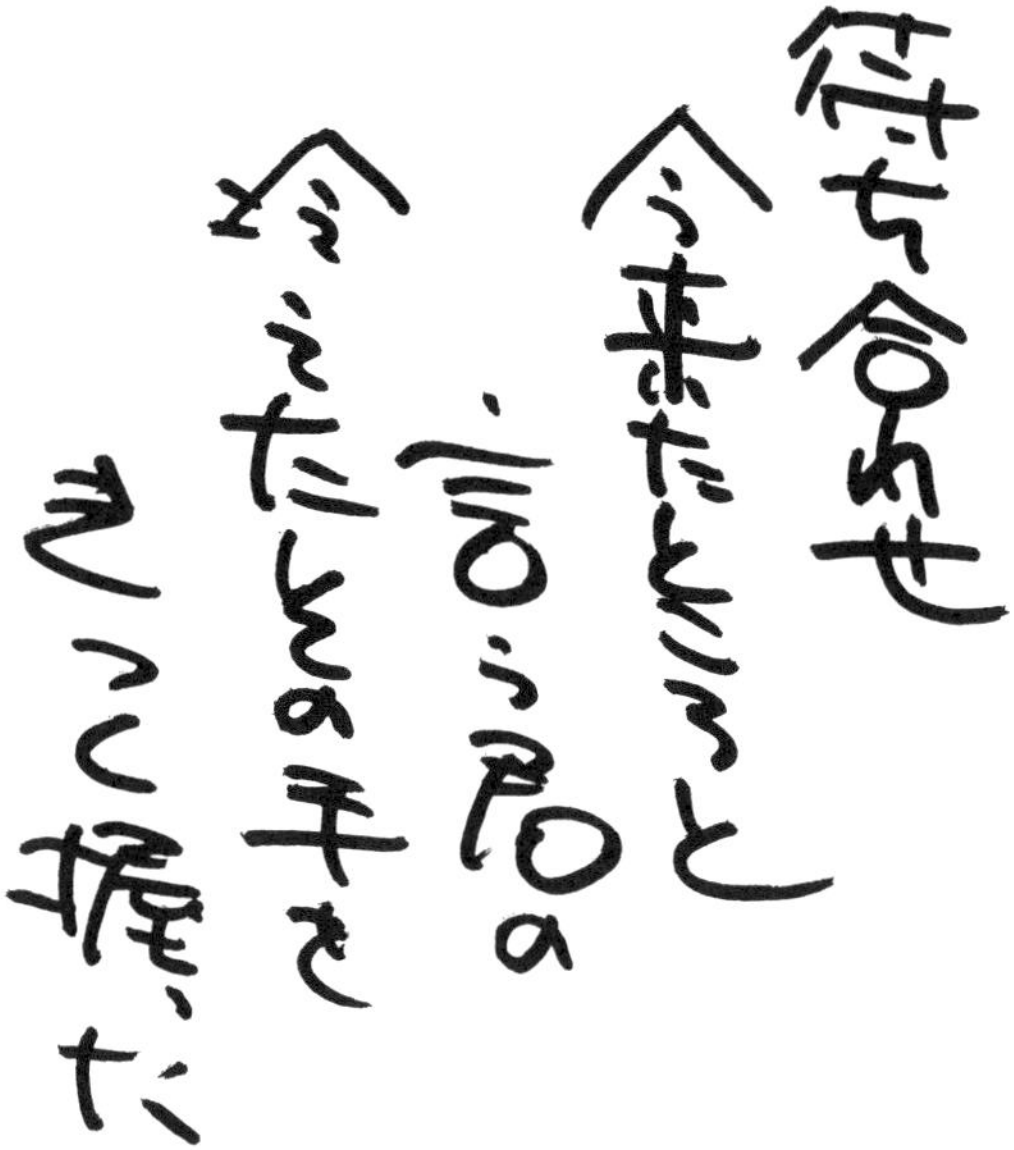

今ここに
あなたがいない
淋しさに
押しつぶされそう
月のない夜

今ここにあなたがいない淋しさに押しつぶされそう月のない夜

8：00発君の元へと行く列車
流れる景色は3度目の春

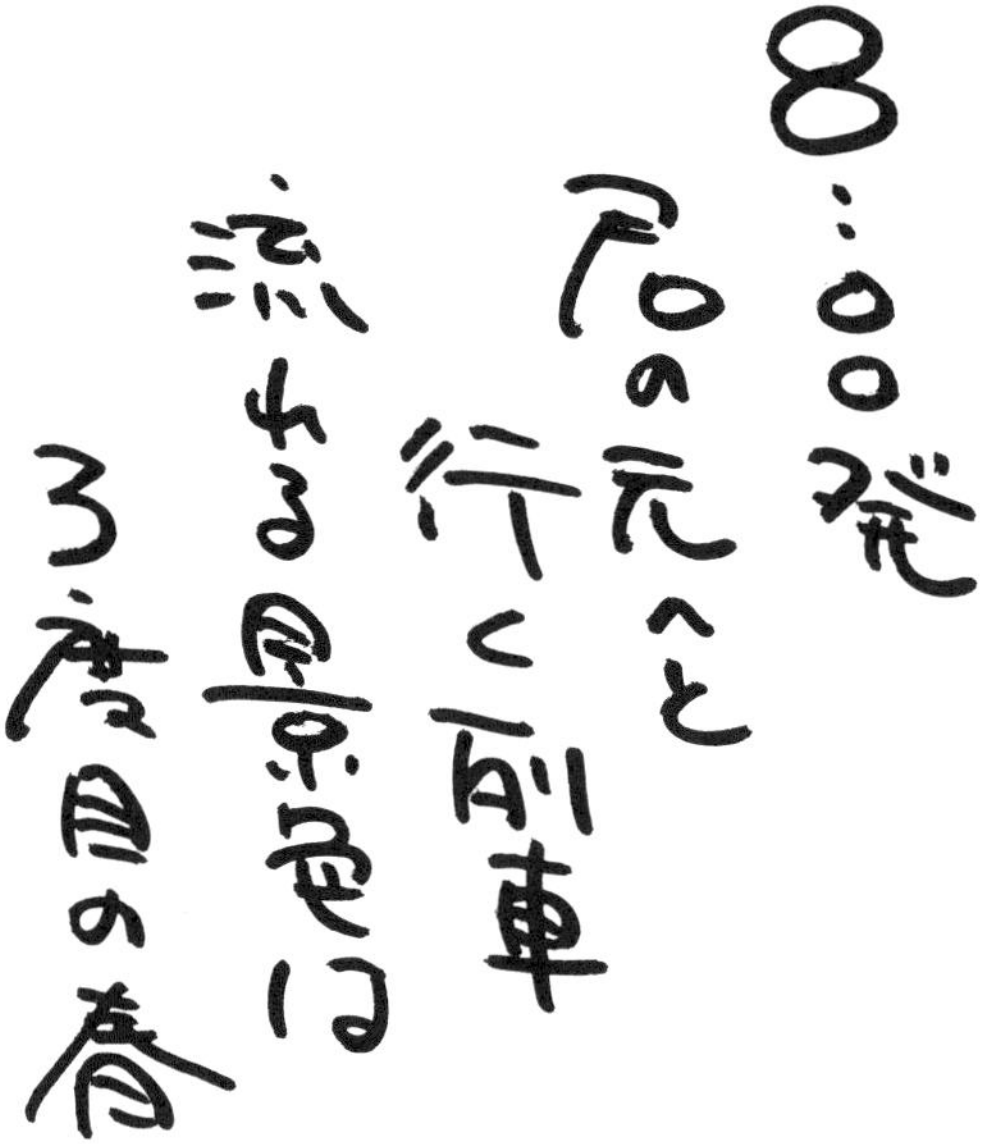

単純に
幸せだなんて
感じてる
君がとなりで
寝息をたてる

単純に幸せだなんて感じてる君がとなりで寝息をたてる

ゆるやかにふたりの時間《とき》は流れゆく
季節を越えて千年の先まで

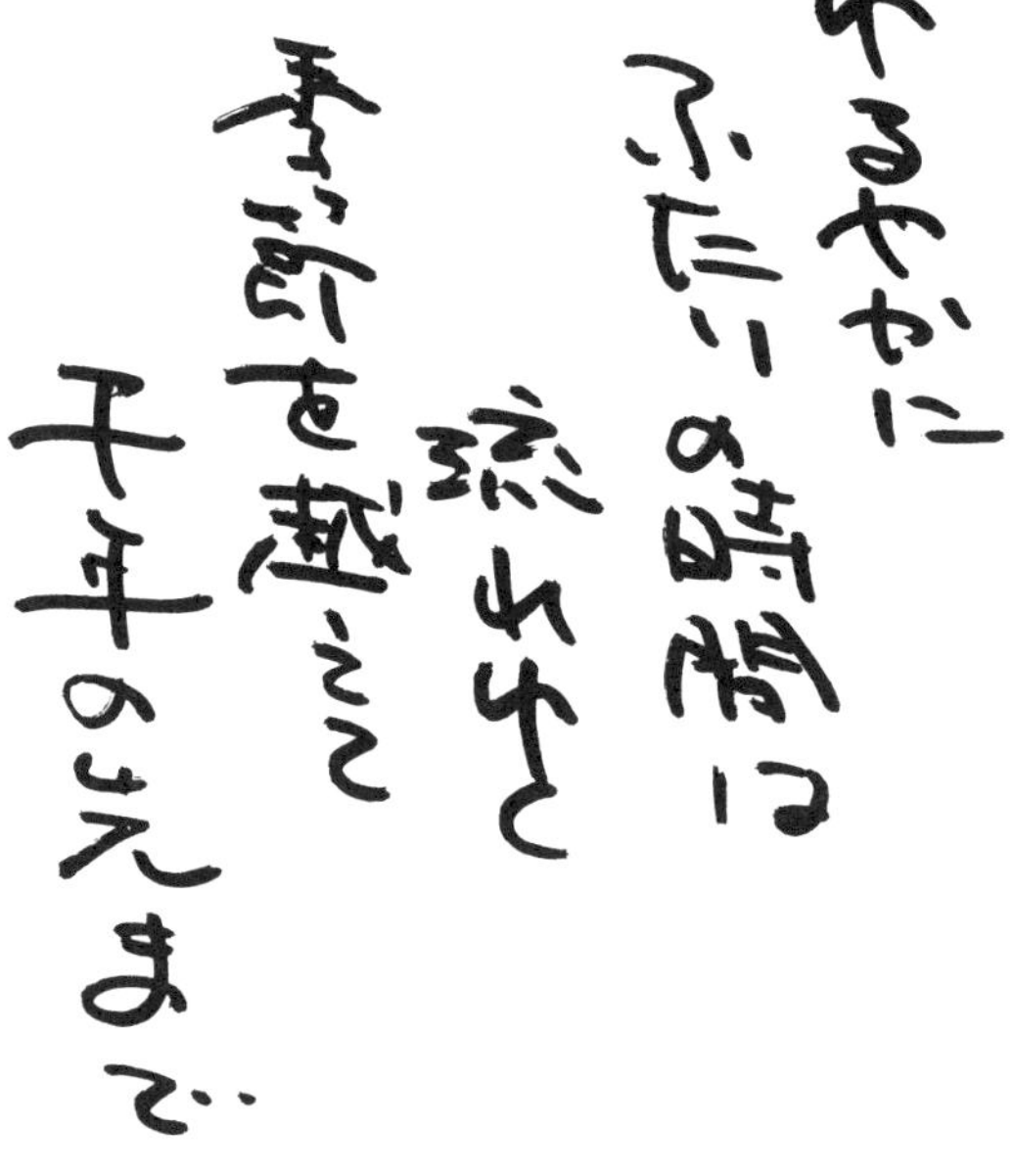

・・・・で
終わるあなたの
メールって
まるでわたしを
試しているよう

……。で終わるあなたのメールってまるでわたしを試しているよう

大切な事はいつでも過去形で
話すあなたのそれは言い訳

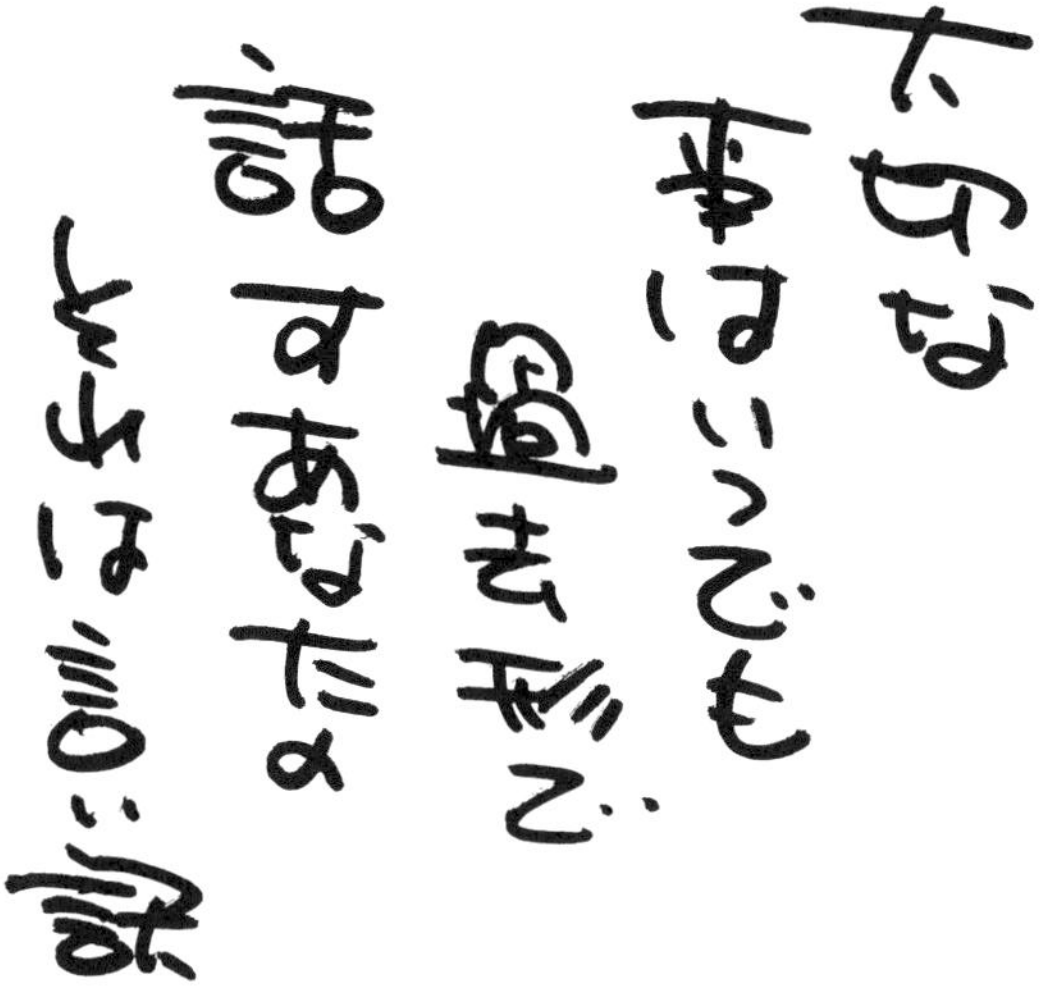

7月の
風緩やかに
吹き抜けて
優しくサヨナラ
言える気がした

7月の風緩やかに吹き抜けて優しくサヨナラ言える気がした

さよならはあなたの事をこれ以上好きになるのが怖かっただけ

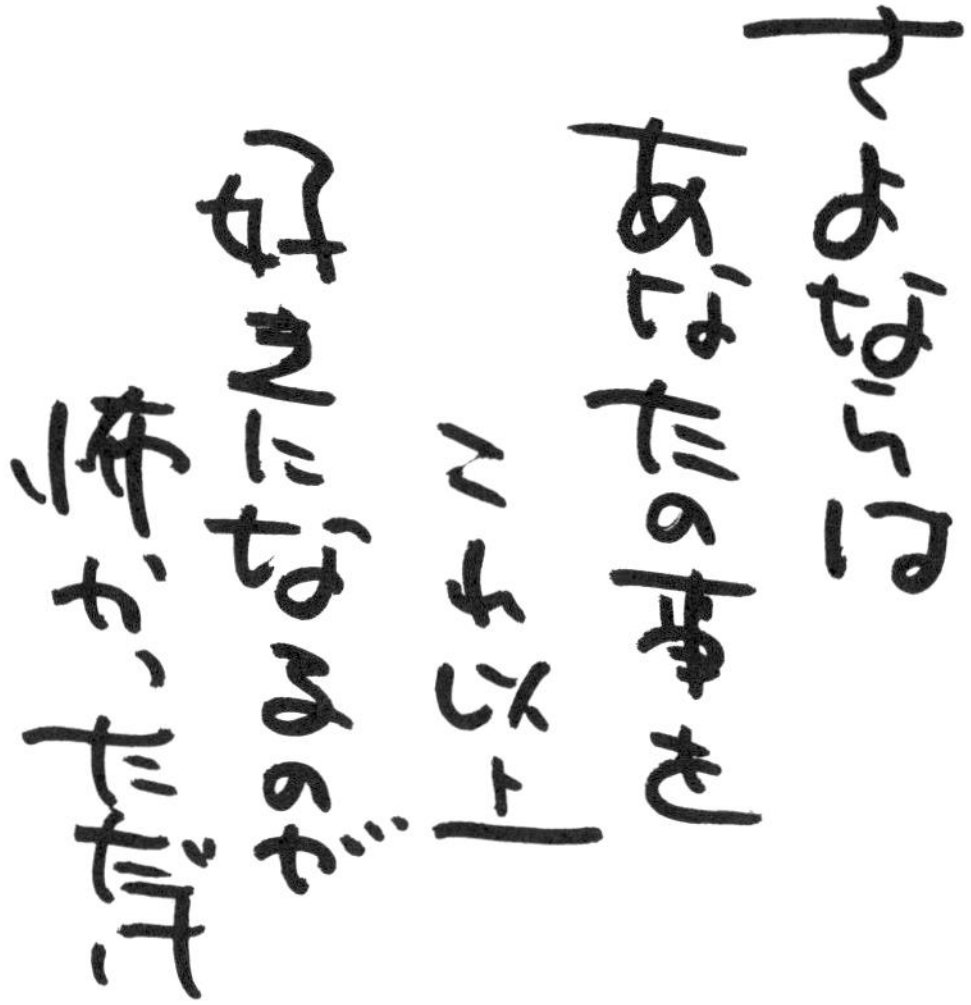

言葉なく
駅までの道
歩いてる
愛を弔う
儀式のように

言葉なく駅までの道歩いてる愛を弔う儀式のように

ゴメンネと君はその言《ご》葉を繰り返す
プラットホーム白い月の下

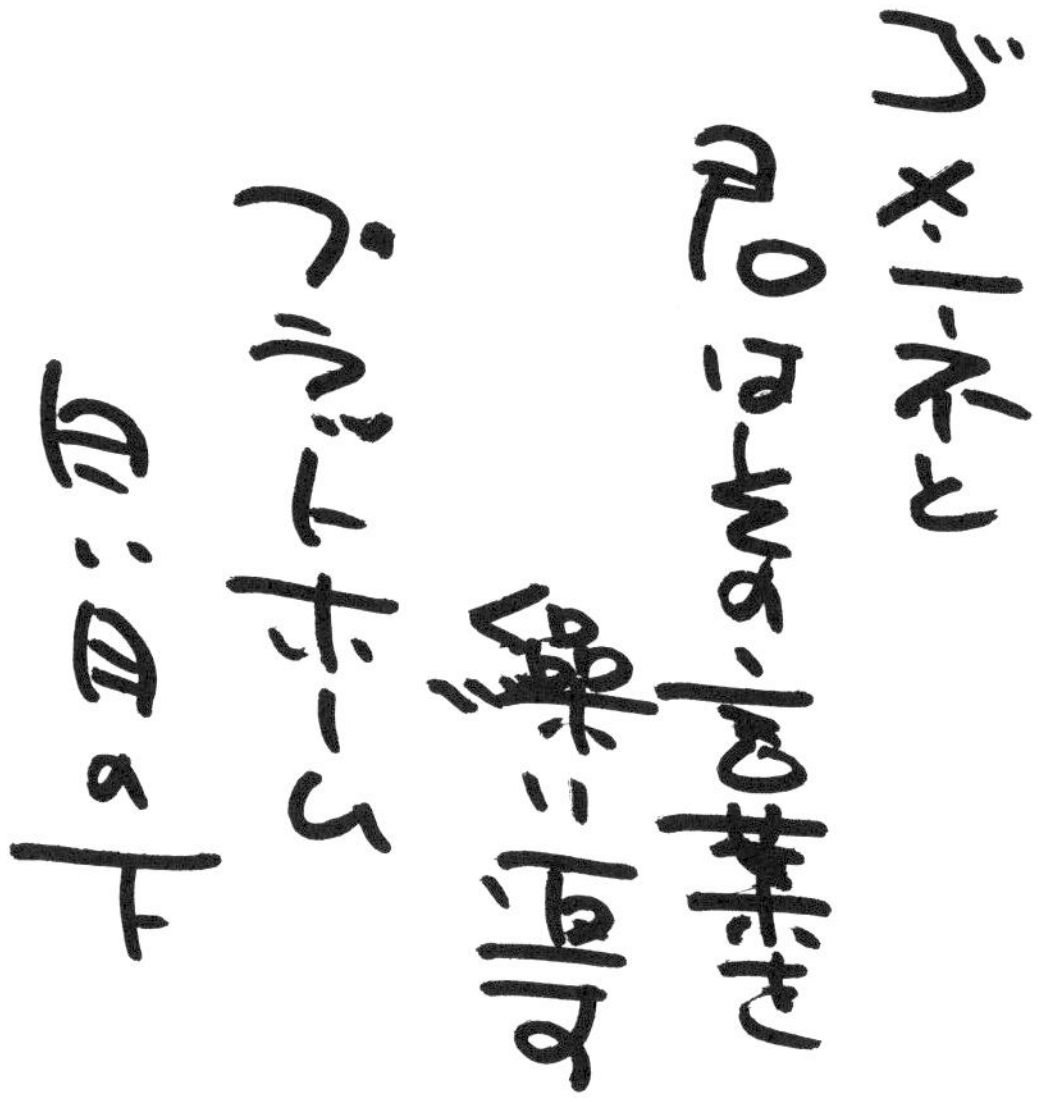

沈黙は
グラスの氷を
溶かしきり
君の涙が
サヨナラの合図

沈黙はグラスの氷を溶かしきり君の涙がサヨナラの合図

過去形で話すあなたのサヨナラを終りにできないまだ愛してる

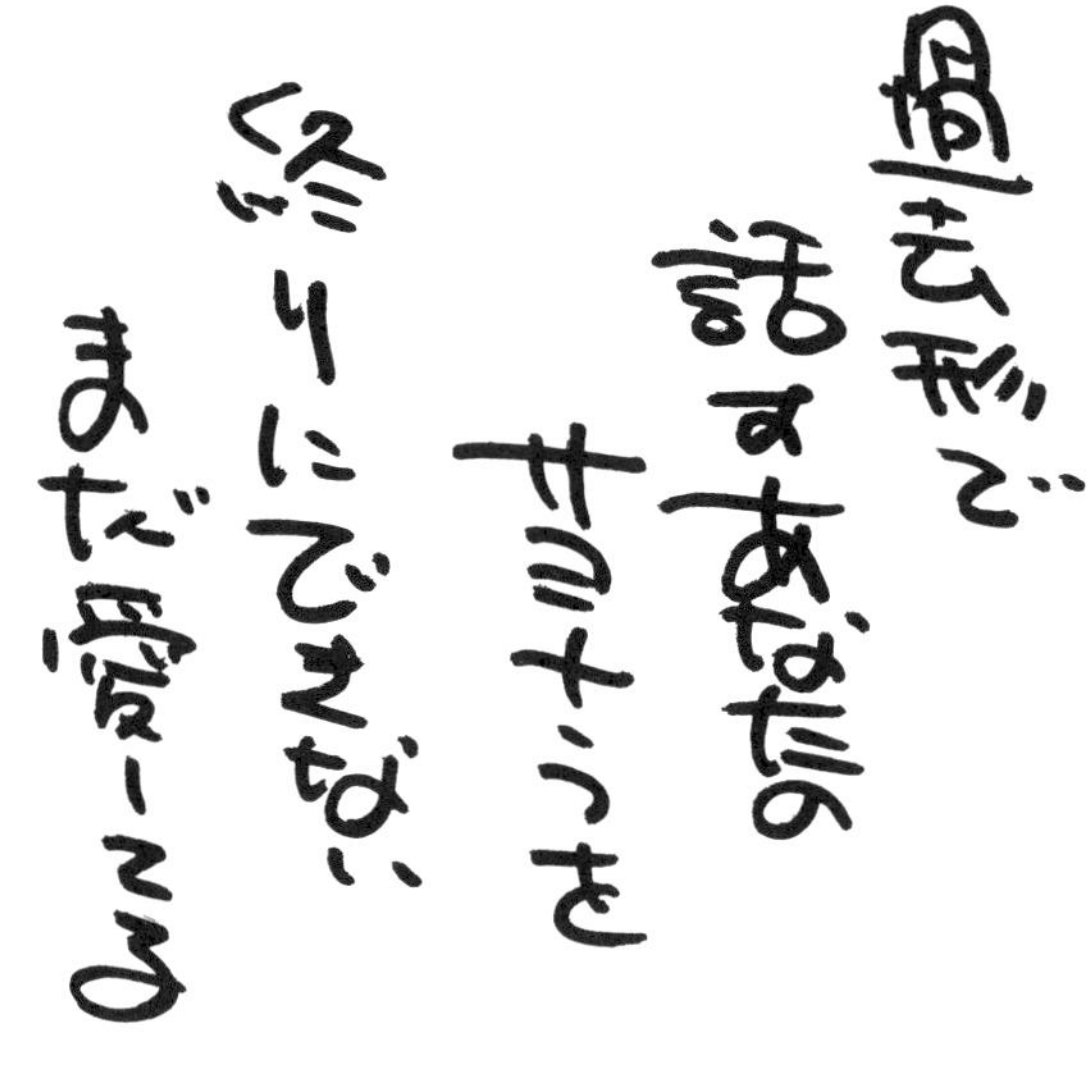

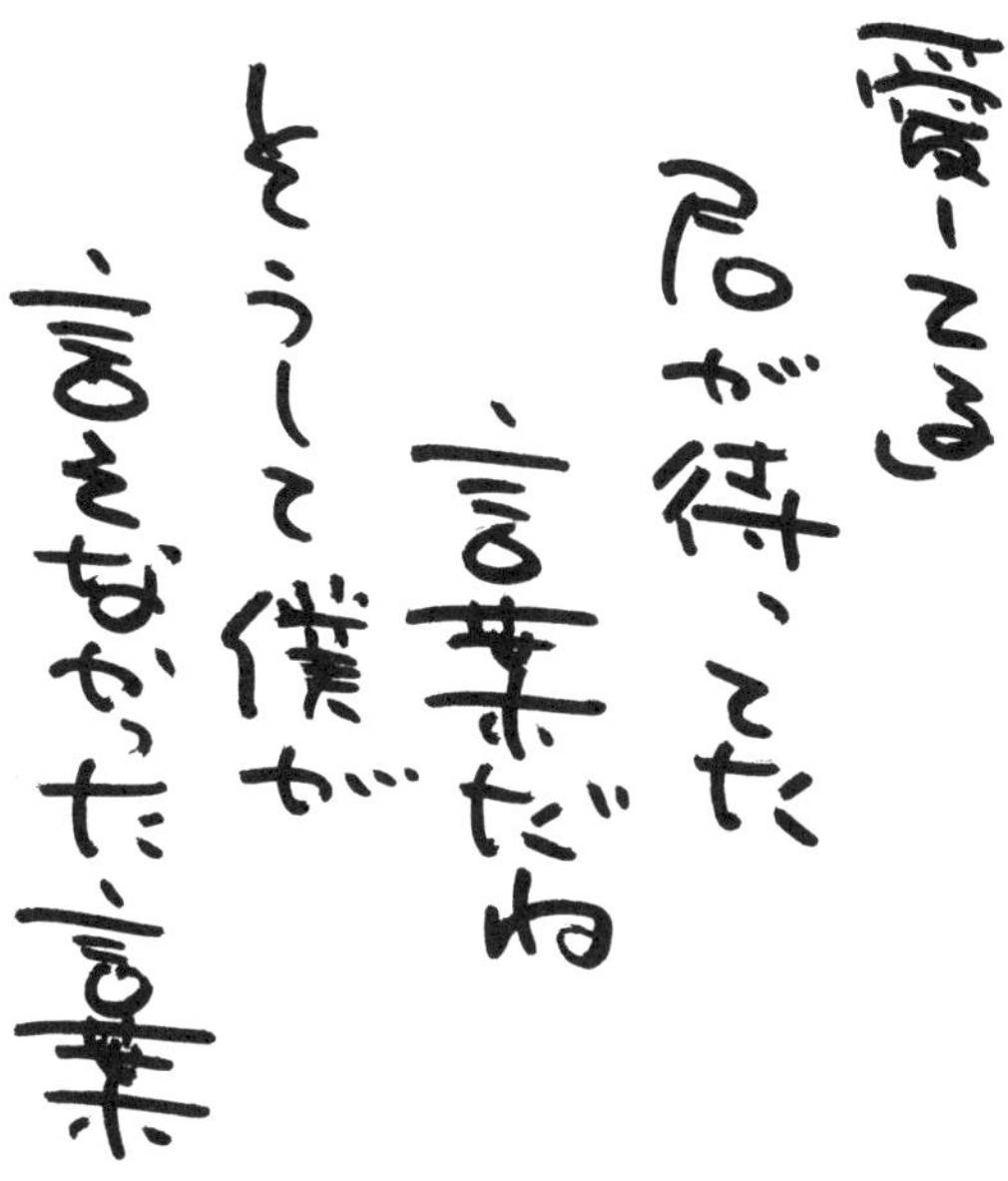

「愛してる」君が待ってた言葉だねそうして僕が言えなかった言葉

もう一度やり直したいこの場《ば》所から
わたしじゃなくてあなたの為に

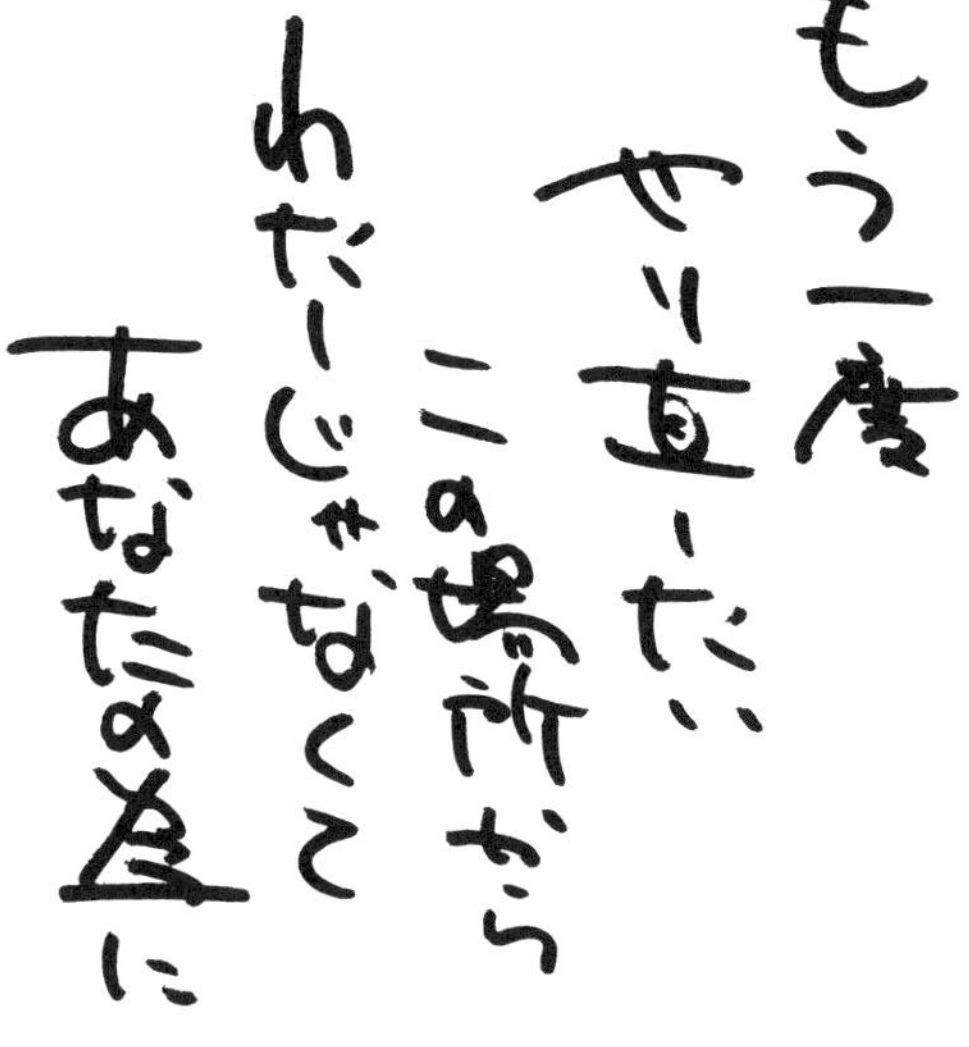

止まらない
涙のあとで
気が付いた
友達なんかじゃ
ないという事

止まらない涙のあとで気が付いた友達なんかじゃないという事

「幸せになれよ」と言われなくたって幸せになるキレイになる

「幸せに
なれよと言われ
なくたって
幸せになる
キレイになる

新しい
恋をはじめる
つもりなら
わたしの事は
忘れていいよ

新しい恋をはじめるつもりならわたしの事は忘れていいよ

少しだけ涙みせてもいいのかな
わたしそんなに強くないから

少しだけ
涙みせても
いいのかな
わたしそんなに
強くないから

「愛してる」
メールを保護する
吾がいて
メールを削除
するあなたいて

「愛してる」メールを保護する吾がいてメールを削除するあなたいて

もう一度愛していると抱きしめて
それが嘘でもかまわないから

もう一度
愛していると
抱きしめて
それが嘘でも
かまわないから

痛い程
あなたの事が
大好きで
それがかなわぬ
恋だとしても

痛い程あなたの事が大好きでそれがかなわぬ恋だとしても

わかってたあなたに彼女いる事も
あなたがその女性《ひと》選ぶって事も

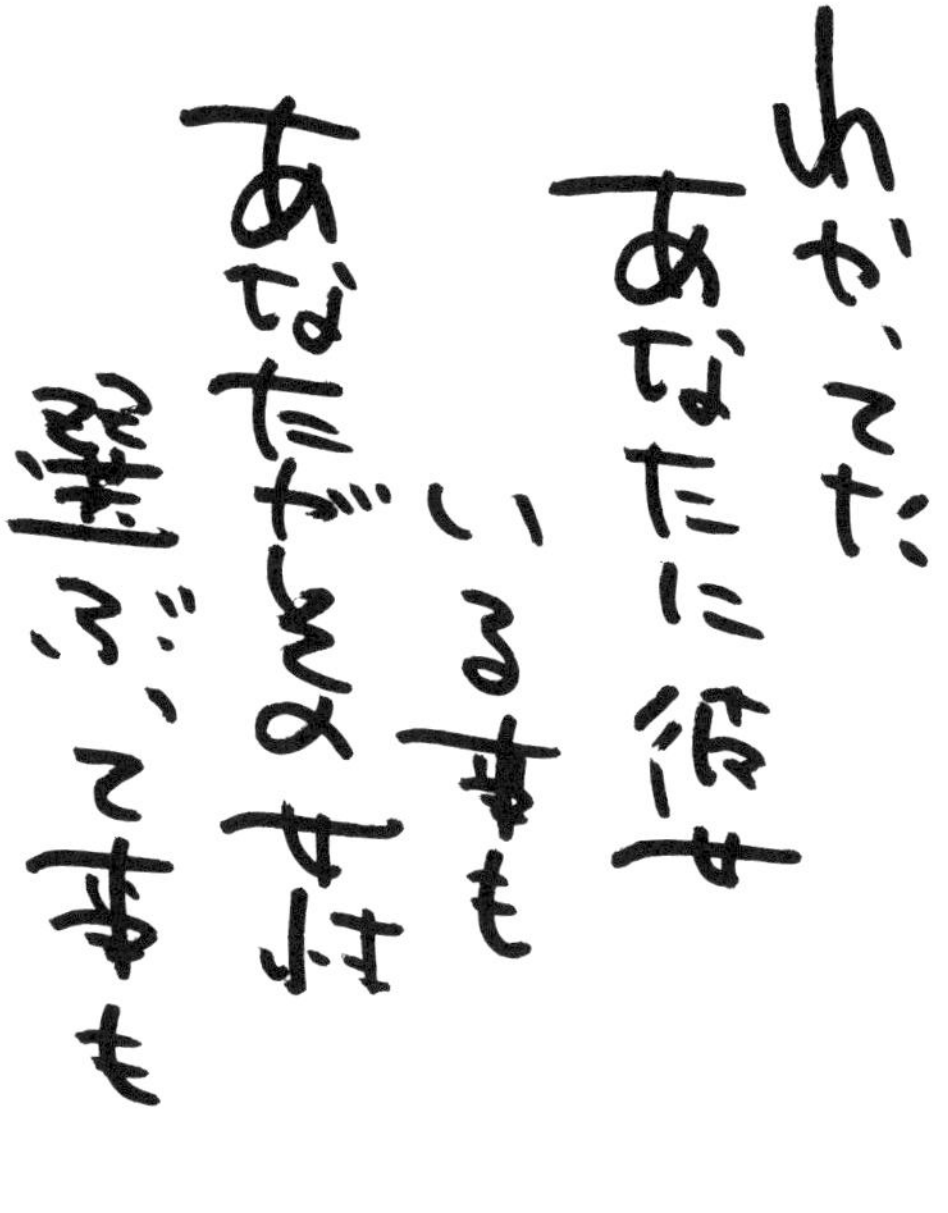
わかってた
あなたに彼女
いる事も
あなたがその女性
選ぶって事も

どうしても
流れる涙
止まらない
別れが来る事
わかっていたのに

どうしても流れる涙止まらない別れが来る事わかっていたのに

だいじょうぶひとりで歩いて行けるから強がりじゃない泣いてなんかない

だいじょうぶ
ひとりで歩いて
行けるから
強がりじゃない
泣いてなんかない

だいじょうぶ
上手に歩いて
行けるから
あなたに似た男性
好きになるから

だいじょうぶ上手に歩いて行けるから
あなたに似た男性《ひと》好きになるから

君が去りたったひとりのこの部屋で
想い出探す秋の夕暮れ

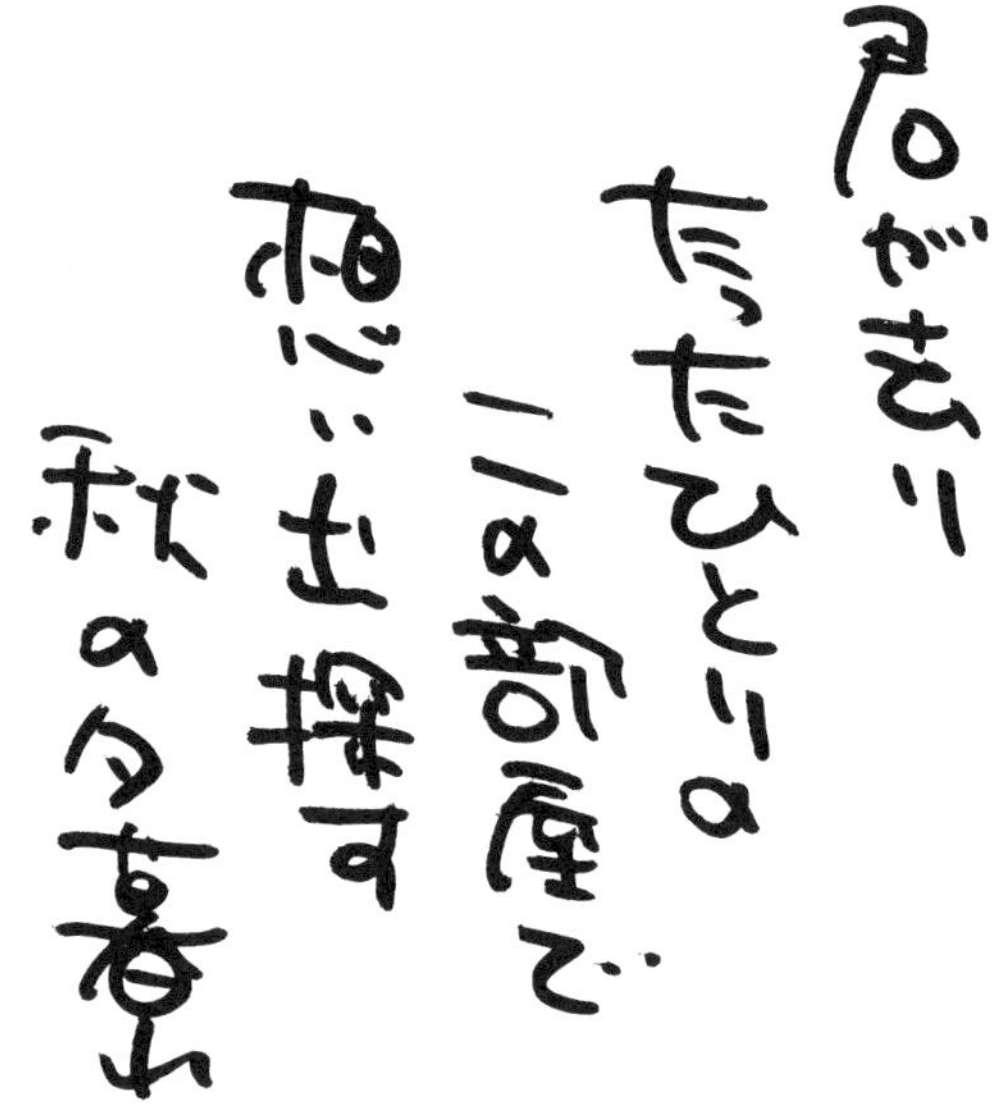

色あせた
写真の中の
想い出は
あなたと過ごした
秋の夕暮れ

色あせた写真の中の想い出はあなたと過ごした秋の夕暮れ

できるならあなたの事を忘れたい
その優しさもその温もりも

できるなら
あなたの事を
忘れたい
その優しさも
その温もりも

メモリーの
〇一〇は
今はもう
逢えないあなたの
消せないアドレス

メモリーの〇一〇は今はもう逢えないあなたの消せないアドレス

ひかる海かすかに潮の香り帯び
ふと懐しき声を感じる

ひかる海
かすかに潮の
香り帯び
ふと懐しき
声を感じる

あなたへの想いがココロ溢れゆく

「　　　　　　　　」

＊この歌がこの歌集の百首目になります。
下の句の「七七」はあなたの想いを書き入れてみてください。

あとがき

私が短歌を作るようになったきっかけは、俵万智さんの歌集との出合いでした。いまでは俵さんの大ファンです。そして今回、私に出版の機会を与えて下さった文芸社の皆様にもお礼を申し上げます。

『遠き日の恋』は、恋をテーマにした作品をまとめたものです。どんな感じで歌が生まれるかというと、私の場合、まず映像が頭に浮かんできます。たとえば、別れのシーンで雨が降っています。その中に恋人が消えていきます。雨は激しく、音も景色も奪うどしゃぶりになります。街中の夏の夕立なのか、夜更けの橋の上の冷たい冬の雨なのか……。と、ここに自分の心情が結び付き、言葉が肉付けされ、一首の歌が誕生します。

この31文字のラブストーリーは、ロケーションもキャストもない世界です。皆さんが主人公になって、一人ひとりの映像を作っていただけたらうれしいです。

最後に、ゴメンねって泣いてばかりいたSさん、いつも二番目で一番にしてくれなかったSちゃん、わがままなR……、そして、私の物語の中に登場するすべての人たち、みんな元気？　長い時間がたったけれど、記憶の中の君も、君への想いも、あの日のままです。また逢えるといいね……。

二〇〇三年五月

坂田朝徳

著者プロフィール

坂田 朝徳（さかた とものり）

1966年、東京都生まれ。
千葉県松戸市在住。

遠き日の恋 31文字のLove Story

2003年8月15日　初版第1刷発行

著　者　坂田 朝徳
発行者　瓜谷 綱延
発行所　株式会社文芸社
〒160-0022　東京都新宿区新宿1－10－1
電話　03-5369-3060（編集）
03-5369-2299（販売）

印刷所　株式会社エーヴィスシステムズ

ISBN4-8355-6088-4 C0092